Two Cervantes Short Novels:

El curioso impertinente and El celoso extremeño

*Edited with Notes and Introduction
by Frank Pierce
Hughes Professor of Spanish,
University of Sheffield*

1966

PERGAMON PRESS

OXFORD · NEW YORK · TORONTO
SYDNEY · BRAUNSCHWEIG

PERGAMON PRESS LTD.,
Headington Hill Hall, Oxford

PERGAMON PRESS INC.,
Maxwell House, Fairview Park, Elmsford, New York 10523

PERGAMON OF CANADA LTD.,
207 Queen's Quay West, Toronto 1

PERGAMON PRESS (AUST.) PTY. LTD.,
19a Boundary Street, Rushcutters Bay, N.S.W. 2011, Australia

VIEWEG & SOHN GMBH,
Burgplatz 1, Braunschweig

First edition 1970

Library of Congress Catalog Card No. 74–111360

Printed in Great Britain by A. Wheaton & Co., Exeter

08 015781 5 (flexicover)
08 015782 3 (hard cover)

CONTENTS

THIS EDITION

The text of *El curioso impertinente* is taken from the edition of *Don Quijote*, prepared by Martín de Riquer, London (George C. Harrap and Co. Ltd.) and Barcelona (Editorial Juventud), 2nd ed., 1950; that of *El celoso extremeño* comes from the edition by Francisco Rodríguez-Marín of the *Novelas ejemplares*, II, Clásicos Castellanos, No. 36, Espasa-Calpe, Madrid. In both cases faithfulness to the first Cervantine editions is combined with judicious correction and modernisation of the texts. It is felt that any other choice would not serve the aims of the series or the needs of the readers for whom the edition is intended.

In compiling the notes to the texts the editor has made use of both the above editions and in addition the *Diccionario de Autoridades* (reprint, Madrid, Gredos, 3 vols., 1963); the *Nueva edición crítica* by F. Rodríguez-Marín, vol. III, of *Don Quijote*, Madrid (Ediciones Atlas), Patronato del IV Centenario de Cervantes, 1948; and the edition by Francisco Ayala of *El curioso impertinente*, Salamanca (Biblioteca Anaya, No. 78), 1967.

BIBLIOGRAPHICAL NOTE

No attempt has been made to refer to all the studies on the two novels concerned, since much that has been written on them is either ephemeral or out of date. The editor, however, is satisfied that he has consulted and given adequate attention to what he regards as the most significant criticism, much of which has appeared, as with the important studies on Cervantes' works in general, in the last two or three decades. In this connection special thanks are expressed to Professor G. L. Stagg (University of Toronto) for putting at the editor's disposal his extensive Cervantine bibliography.

CORRIGENDA

Two Cervantes Short Novels: Pierce

Page	Line				
2	3	*for*	estribí	*read*	escribí
21	2	*for*	Chiscoitte	*read*	Chisciotte
24	40	*for*	Clasicos	*read*	Clásicos
25	12	*for*	oú	*read*	où
31	5	*for*	agradacer	*read*	agradecer
33	33	*for*	to	*read*	te
36	2	*for*	serís	*read*	sería
36	14	*for*	faltese	*read*	faltase
42	14	*for*	Camile	*read*	Camila
42	29	*for*	sombre	*read*	sombra
45	14	*for*	harís	*read*	haría
45	23	*for*	trea	*read*	tres
49	11	*for*	estas	*read*	estás
52	30	*for*	señor	*read*	señor?
59	9	*for*	por	*read*	pero
60	12	*for*	la	*read*	lo
61	11	*for*	llambas	*read*	llamabas
69	23	*for*	papal	*read*	papel
74	27	*for*	colosa	*read*	celosa
76	3	*for*	eunoco	*read*	eunuco
77	10	*for*	detraer	*read*	de traer
81	8	*for*	–A esto	*read*	A esto
85	21	*for*	dadonde	*read*	adónde
87	23	*for*	bajse	*read*	bajase
94	23	*for*	le	*read*	lo
107	5	*for*	langua	*read*	lengua

INTRODUCTION

It should be recalled that the fame of the author of *Don Quixote* also rests upon his *novelas*, the term then applied preferentially to the short novel. Most of the best known were published separately as *The Exemplary Novels* (1613) but others are to be found in *The Galatea* (1585), in the First Part of *Don Quixote* (1605) and in *Persiles and Segismunda* (1617). The Italians had popularised the genre under the name of *novella*, and by the time Cervantes took it up, the tradition had become firmly established by Boccaccio and such sixteenth-century followers as Bandello and Giraldi Cinthio. The themes were many and often reflected the mores and beliefs of the European ruling classes. In fact, the form also came to be known as the courtly novel. Further, the *novella* frequently provided plots for the Spanish and English theatre, both of which, in their way, satisfied the tastes of the same social groups. Cervantes, as we shall see, was in his turn to carry on this supply of fictional material for the European stage.

The "Prólogo al lector" of Cervantes' collection of stories contains statements which tell us about his intentions in cultivating the form. Firstly, he makes very clear how he wishes them to be seen:

> los requiebros amorosos que en algunas hallarás, son tan honestos y tan medidos con la razón y discurso cristiano, que no prodrán mover a mal pensamiento al descuidado o cuidadoso que las leyere. Heles dado nombre de ejemplares, y si bien lo miras, no hay ninguna de quien no se pueda sacar algún ejemplo provechoso... Mi intento ha sido poner en la plaza de nuestra república una mesa de trucos donde cada uno pueda llegar a entretenerse, sin daño de barras: digo sin daño del alma ni del cuerpo, porque los ejercicios honestos y agradables antes aprovechan que dañan.

Then, apparently echoing the Sermon on the Mount, he declares: "Una cosa me atreveré a decirte: que si por algún modo alcanzara

1

que la lección de estas novelas pudiera inducir a quien las leyera a algún mal deseo o pensamiento, antes me cortara la mano con que las estribí que sacarlas en público." Finally he makes a claim, which is not only true but which should also be seen as closely connected with the above assurances: "Soy el primero que ha novelado [note the verb] en lengua castellana, que las muchas novelas que en ella andan impresas todas son traducidas de lenguas extranjeras y estas son mías propias." Cervantes would emphatically wish us to understand that his short novels, whatever the reputation of the form hitherto (and the *Decameron*'s was well known to all), were 'serious' and that they exemplified the contemporary theory on the aims of literature, enshrined in the Horatian dictum, *prodesse et delectare*. As to their skill and originality, all are agreed that he did indeed produce new and memorable contributions to the genre. Cervantes himself thus gave new life to this short form, and had such immediate Spanish successors as Tirso de Molina (who, in his *Cigarrales de Toledo* (1624), refers to him as "nuestro español Bocacio") and Pérez de Montalbán, and many others abroad, both during the seventeenth century and later.[1]

No special justification is needed for considering our two *novelas* together. More than one critic has already dealt with them in studies of Cervantes' recurring themes or has taken them as examples of his continuing interest in marriage and its problems. Apart from our two stories and the little plays *El viejo celoso* and *El juez de los divorcios*, both referred to below, his works include several cases from *Don Quixote* (e.g. that of Dorotea and her lovers) and the other exemplary novels (e.g. *La fuerza de la sangre* and *La española inglesa*), not to mention the *Persiles*. Our writer is orthodox in this matter, and in keeping with an age that produced many treatises on marriage. The latter was a sacrament only dissoluble by death and thus divorce was unthinkable. In addition, marriage was a social contract and this aspect of it appears often in Cervantes' writings. It could bring honour or dishonour, that is, it could result in harmony and love or in disaster and death. This general understanding of the union is well illustrated in our two tales.[2] The date of publication of the First Part of *Don Quixote* (1605), which included the *Curioso impertinente*, and the date of the Porras MS. (1606), which gives the alternative version of the *Celoso extremeño* (first published, of course, in the *Exemplary Novels*), would seem to suggest that they belong to the same period of Cervantes' career.[3] The similarities of subject-matter and treatment strongly indicate that he wrote them as related facets of this interest, indeed preoccupation. The *Curioso impertinente* has naturally also been studied together with the other short tales belonging to Part I of *Don Quixote*. Some have realised that in fact this one stands apart as an unusual piece of Cervantine fiction, or that it can be seen as a *novela ejemplar*, and can thus be separated from the main text, if one wishes to read it in this way.[4] Indeed, Cervantes seems himself to allow such an approach.[5] The *Celoso extremeño* has likewise been studied for its own sake, as have some of the other original tales from the collection to which it belongs.[6]

Before one proceeds to a study of each of the two stories, further mention should be made of the *Curioso impertinente* and its relation to the First Part of *Don Quixote*. An older generation of critics regarded it and its fellows as out of place in the main work. More recent studies, however, based on the conviction that Cervantes reveals a very conscious craftsmanship in his masterpiece, go a long way to prove that the *Curioso impertinente* belongs to an evolving plan in *Don Quixote* and that it underlines and subtly echoes the broad themes and the intentions that inform the First Part.[7] The tale is held to illustrate what Cervantes later calls the "gala y artificio" of the short stories, that is, in the case of the *Curioso impertinente*, its rarefied fictional reality in contrast to the more 'natural' setting of the rest of the First Part, which it thus tends to enrich. Indeed, the very 'interruptions' of the chapter headings and that caused by the adventure of the wine-skins are seen as increasing the tale's dramatic development.[8] Anselmo, the 'hero', is a kind of reduced Don Quixote suffering from his own wilful madness. The *Curioso impertinente*, when taken with the other stories in Part I, stands out for its 'improbability' and terrifying portrayal of human perversity; nevertheless, it may be said to exemplify Cervantes' belief that marriage must be protected at all times from the dangers of human error. There can be no doubt that the attempts to show the pertinence, as some have expressed it, of the *Curioso impertinente* have thrown much new light upon the methods and achievements of Cervantes in his greatest work; it will be recalled that he refrained, with apparent regret, from including any such tales in the Second Part of *Don Quixote* (cf. *ed. cit.*, p. 884).

Both our tales, like much of the literature of their period, which illustrates, in one way or another, the contemporary concept of 'imitation', derive their subject-matter from several versions taken from a common European stock. Quite a lot of research has been done to establish their parentage, and some summary is called for here, in order to show how Cervantes uses others' material, as well as to indicate his originality in doing so. The *Curioso impertinente*, according to its own text, reflects two tales found in the *Orlando furioso* (Cantos XLII and XLIII). Both episodes are told to Rinaldo and concern the 'testing of a wife' by means of a magic cup which will spill its contents when given to deceived husbands.[9] Cervantes certainly got the germ and the moral of his own story from Ariosto, and he even uses the name of the victim in the second episode, Anselmo, for his own hero. Nevertheless, as has been pointed out (see Cirot, pp. 3–23), he makes the wife act from passion, rather than because of cupidity, and he gives Anselmo psychological depth by portraying his perversity as arising from genuine doubt and not from immoral curiosity. Another (possible) source is the *Crotalón*, which has a story very like those in the *Orlando furioso* but with a few details and a certain 'humanising' of the main action common to itself and the *Curioso impertinente*. There is, however, no reason to see this dialogue as a likely source (for one thing, Cervantes would have had to read the work in manuscript form), nor such others as Bandello, Marguerite of Navarre and Antonio de Guevara. All of these have common material, but they add nothing to Ariosto, a poet well known in any case to our author. A much older source of the *Curioso impertinente* is the story of the Two Friends (also used by Cervantes in the Timbrio–Silerio story in the *Galatea*), which goes back to Pedro Alfonso's *Disciplina clericalis* (twelfth century). This version, involving the surrender of a woman by one friend to another, undoubtedly provided Cervantes with a major element in his account of wife-testing (he says of Anselmo and Lotario at the outset that "... por excelencia y antonomasia, de todos los que los concocían los *dos amigos* eran llamados"). Still, his blending of the two traditions, of the test and of friendship, plus his subordination of both sources to his own moral vision, mark his imaginative freedom in handling what many before him had fashioned in their own way.

The *Celoso extremeño*, too, illustrates its author's skill in drawing upon common material in order to transform it into something clearly Cervantine. Here there are also two stories, but they had been fused before Cervantes wrote his tale. The first motif, that of the secluded wife and of the lover who succeeds in getting to her, goes back to two poems in *Floire et Blanceflor* (twelfth century), to the Provençal poem *Flamenca* (thirteenth century), and again to the *Disciplina clericalis*. Later Italian versions, those in Boccaccio's prose romance, the *Filocolo* (1336), Il Cecco di Ferrara's poem *Mambrino* (1509), and in the *Orlando innamorato* (1486–1506) of Boiardo, all add the second motif of the elderly husband. Cervantes could well have known all of these, and some of them have close parallels with the *Celoso extremeño* (for instance, the handing over of the bride by her parents, the exclusion of all males from the husband's house, and his final forgiveness of his wife and her lover). Cervantes could also have read his contemporary, Alfonso Velázquez de Velasco's play, *La lena* or *El celoso* (1602), which introduces a "negro bozal" and the use of guitar music into his version. Cervantes likewise gave his tale a Spanish setting, which, together with the symbolism of the keys (a detail coming from another medieval collection, *The Seven Wise Men of Rome*), he uses to great effect. All the above printed texts (some perhaps in Spanish adaptations) could have been known to our author, but he may also have made use of oral sources, since the double story, as it came down to the Golden Age, shows considerable criss-crossing of influences. As with the *Curioso impertinente*, so here too Cervantes reworks his material with great insight, as, for example, in the creation of Loaisa or in the final moving death-bed scene, to mention but two of the tale's special achievements.[10]

Cervantes uses the same general source-material for his *entremés*, *El viejo celoso* (1615), which, with its fellow, *El juez de los divorcios*, represents within his theatre his continuing interest in the subject of marriage. *El viejo celoso* is true to its genre and portrays infidelity as comedy. Although its tone is gross, thus reflecting a lower style in contrast to the higher one of the *Celoso extremeño*, Cervantes does leave his imprint in the creation of the husband, Cañinzares (a name whose closeness to that of Carrizales has been noted more than once), who is generous as well as distrustful, in the wife, Lorenza, who is moved by her feelings rather than by material rewards, in the mother-in-law, Hortizosa (a kind of Celestina), and the servant, Cristinica, these last two being vividly drawn figures of illicit commerce. This little play is of course a skit, far removed from the sombre and tragic world of the *Celoso extremeño*, but in it, as well as in his two *novelas*, Cervantes has acclimatised folk-tales diffused throughout the West by placing them firmly in the moral and social setting of the Spain of his own time (for the *entremés*, see Cirot, *Bull. Hisp.* XXXI (1929), pp. 23–33, and F. Ayala, *La Torre*, VI (1958), pp. 81–90).

In their turn, Cervantes' two tales became sources for other literary productions. Thus, the *Curioso impertinente*, undoubtedly associated with the immediate fame of *Don Quixote*, seems to have been known in England even before the appearance of Shelton's translation of the latter in 1612. The influence of the short novel can certainly be observed in works by such dramatists as Beaumont and Fletcher, Nathan Field and in the anonymous *Second Maiden's Tragedy* of 1611 (the very early French translation of the tale (see note 4 above) may have supplemented the Spanish original in these cases), and by the Stuart dramatists, Aphra Benn, T. Southerne and J. Crowne. Later too in the seventeenth century, the *Curioso impertinente* was used by Mme de Lafayette for *Zayde* (1670), which itself appears to have influenced her creation of the heroine in the *Princesse de Clèves* (1678). The eighteenth century in France continues to bear witness to Cervantes' example: Beaumarchais' *Barbier de Séville* (1775), itself very Spanish in theme and setting, owed much to the *Celoso extremeño*, although this could have reached him through the then very popular play by Isaac Bickerstaff, *The Padlock* (1768), admittedly based on the Spanish tale.[11]

It is hoped that this short exercise in comparativism, if such it can be called, will show that Cervantes, like Shakespeare, was one of literature's great makers of new things from old, and that, after reworking source-material from a common store, he then passed it on in a form that was distinctively his own. To see him as an important link in a long cultural tradition does not, of course, go far beyond granting him an unusual historical significance in the panorama of literature and folk-lore. It now remains to try to indicate what his two stories mean to us as creations in their own right.

The *Curioso impertinente* and the *Celoso extremeño* are notable fictional experiments both for their subject-matter and for the skill with which the author presents them in terms of language and structure. These two tales are highly successful examples of the marrying of *forme* and *fond*.

One of the reasons given for regarding the *Curioso impertinente* as an integral part of *Don Quixote* is that its theme reflects the central matter of the larger work. Anselmo suffers from a madness that makes him a Don Quixote in miniature (see R. de Garciasol, who discusses this parallel). His *idée fixe* concerns his wife's fidelity and his insane desire to put it to the test. This, of course, is done within a short story and thus is subject to the foreshortening and other devices necessary to bring it alive and make it convincing. That is, the characters are seen as in some way belonging to an unreal world, to a sphere of 'absolute fiction', rather than to the more real world of *Don Quixote* in which characters develop and can be drawn in the round. But even if Anselmo's monomania and the eventual complicity in it of the sane Lotario may strike some readers as rather far-fetched, none can deny the persuasiveness with which these are suggested nor the compelling logic of the consequences upon husband, wife and friend, once the plan has been set in motion.

Anselmo has been seen variously as having a madman's ingen-
uity, as someone whose aberration turns the normal world upside
down, as a chaser of phantoms who probes the very fabric of
human relations as if he were God, as one who thinks he can himself bring to pass the ideal in the real world, or as one who acts
upon human nature as if he were carrying out a scientific experi-
ment or as if a moral value were a philosophical abstraction or a
mathematical question.[12] Whether one analyses Anselmo in
psychological, philosophical or moral terms, the 'case' with which
Cervantes here presents us challenges our credence at several
points. The improbability of using one's best friend to attempt to
make love to one's wife is, however, met by the author's clever
use of closely reasoned argument by Anselmo and by Lotario's
conclusion that if he does not indulge this wild caprice another
will be found to do so and his friend's honour will thus be ridi-
culed.[13] Not only must the reader adjust his imagination to this
seventeenth-century concept which plays a recurring role, but one
must, as suggested above, see the story as reflecting the contemporary
doctrine of marriage, as a social institution only dissoluble by death
and requiring obedience and fidelity from the wife. Further, one
should keep in mind the relative seclusion and privacy in which
the wife lived and how this situation could easily give rise to the
very dangers against which it was intended to act as a safeguard.
Thus, perhaps, the modern reader can envisage the enormity of
Anselmo's desire which threatened society at its very heart. His
perversity, which finally reached the limit of persuading Lotario
to write the sonnets "aunque no fuese más de por curiosidad y
entretenimiento", should be seen, not as a psychiatrist would
perhaps diagnose it, as arising from some hidden homosexual
urge, but as a moral madness afflicting a man who believed in
traditional marital virtues (apart from Bataillon, see also F.
Ayala's article and ed. of the story, note 4 above). This is not a case
of conventional adultery, but springs from the disordered mind of a
"condenado por desconfiado".[14] Anselmo's fault is that he did not
recognise that virtuous conduct has its limits and that a man's life
is therefore confined to his particular circumstances (cf. Avalle
Arce, *op. cit.*, pp. 52–59). Although Cervantes imagines a situation

rarely if ever found in ordinary human experience, he has, never-theless, given it a forceful reality by being true to his keen under-standing of human relations, and also by his mature rhetorical style of presentation. This tale well illustrates the truth of a woman's weakness and the inevitable results of the temptation to which Camila (and Leonora) are exposed. Cirot (*idem.*, pp. 49–74), like others, discusses the story's psychological content, although not every reader will agree with this critic's coupling of Anselmo with Carrizales as examples of jealousy. The *Curioso impertinente* can have a strong appeal for the modern reader who is accustomed to the continuous and at times daring exploitation of his credibility in contemporary novels and films.

The tale's title is itself meant to alert the reader. A man may be properly curious, but he should not push his interest beyond that which is fitting or acceptable.[15] "Curioso impertinente" clearly indicates a moral flaw, just as "Celoso extremeño" combines a neutral attribute (that of a man's place of origin) with a censorious term, which at the outset forewarns the reader and prepares him for a story with a given bias (Spitzer, *op. cit.*, argues the 'pre-determinism' of Carrizales' actions, which could equally be applied to Anselmo). Cervantes, of course, was a master of signi-ficant titles or tell-tale names at a period when this kind of sign-post was a recognised trick of good writing. Thus from the very beginning he develops his tale in strict accordance with his declared intention. Anselmo and Lotario are perfect friends, whose relationship is limited, for Lotario, only by Anselmo's marriage to the beautiful and virtuous Camila. The friend's consciousness of the husband's honour and the latter's apparent failure to recognise his new responsibility give an initial premonition of what is to follow. So when Anselmo declares himself to be "el más despechado y el más desabrido hombre de todo el universo mundo" (recalling the self-confession of Carrizales at an equivalent point in *his* moral adventure), the stage is set for the real action of the story. Anselmo knows he cannot control his obsessive desire, and the reader witnesses the most wilful erosion of a perfect relationship *à trois*: this is an act of deliberation almost the opposite of Carrizales' action in building up his moral fortress, although with similar consequences (Cirot, *idem.*, pp. 62–74, rightly stresses the responsibility of the two husbands for what follows from their wilful choices). Lotario's initial and innocent offer of help is followed by his wordless shock, and his eloquent disquisition on friendship, marriage and women. Anselmo is likened to a Moor and contrasted with a saint, and Ariosto and Tansillo are quoted to illustrate the awful risks he runs; Camila is compared to a diamond or to holy relics, both to be respected but not to be subjected to force or undue familiarity, since womankind, we are told, can be broken like glass (as the *cancionero* poem makes clear). A husband's honour, Lotario indicates, is above all his other aims; Christian marriage makes man and wife of one flesh, and St. Paul is cited concerning this union and how the whole body can feel the pain of one of its members. Lotario's speech is a striking piece of oratory; taken with Anselmo's first effort, this speech constitutes a good example of contemporary dialogue literature (with its urbane discussion of topics in the manner of Plato and Cicero) and it forms a central part of the tale. As with Carrizales' schemes, so here the action follows a period of delay or preparation. Once Anselmo, with specious reasoning, presses a reluctant Loratio to cure his 'illness' ("enfermedad que suelen tener algunas mujeres, que se les antoja comer tierra, carbón y otras cosas peores" is the graphic phrase used), the latter does so to protect Camila, and thus exposes himself to all that his sanity foresees will occur. He will lie to his best friend in the hope that Anselmo will not find out that he is not courting Camila! This is the beginning of the end and, when Camila and Lotario inevitably fall in love and commit adultery, their selfish deceptions of Anselmo and of themselves reach the dizzy level of an involved *comedia*. Thus, in turn, Lotario deceives Anselmo at first, Camila deceives Anselmo over his letter, Lotario deceives Camila by not appearing as Anselmo's accomplice, Anselmo 'deceives' Camila about Clori of the sonnets by Lotario, and, of course, Camila and Lotario deceive Anselmo more than once, especially during the pretended tryst. It is also true that the chief victim in all this is the deceived Camila. Thus a lie, once used, must be continually repeated and even increased. Avalle-Arce (*op. cit.*, pp. 121–48) skilfully analyses the growth of deception, from the reading of the sonnets to the final 'play'. Cervantes also uses his favourite false climaxes. Anselmo's discovery that Lotario is not carrying out his promise, or Anselmo's departure for the country and its immediate consequences, plus the author's thinking aloud, as in the *Celoso extremeño*, might lead the reader to believe the tale should end or come to a crisis at these points. The role of Leonela, like that of the duenna in the other story, has its importance, since it is her own love-affair which causes the final break-up of the relationship of Anselmo, Loratio and Camila. This, in fact, Camila herself had surmised. The painfully ironic 'play within a play', another false climax, enacted as a most blatant piece of deception, is a very skilful and lifelike finishing touch. Avalle-Arce (*ibid.*) properly draws attention to the special significance of this scene. The true climax and ending are a final triumph for Cervantes' power of dramatic prolongation, used here (as in the *Celoso extremeño*) to inject into his story a compassion and regret, qualities not normally associated with the Italian courtly novel. Thus, Anselmo finally realises that Camila and Lotario have deceived him when he discovers that his wife had taken her jewels away with her. Anselmo in fact had offered such inducement as these to Lotario to use in persuading his wife. But this is preceded by the successive flights of the lovers who through fear decide to separate, Camila to enter a convent, Lotario to leave the city, and by the flight of Leonela who did not give them away after all. Anselmo leaves too on a visit to a friend in the country, but on his way a traveller confirms his fears and refers to the friendship of the two men, thus increasing his agony. Anselmo is found dead by his host with his unfinished confession proclaiming his "impertinente curiosidad" (thus recalling the first impact of the tale's title), and with his will declaring his guilt and his forgiveness. The effect, also, of the death-bed scene (closely paralleling that of Carrizales) is ironically deepened in feeling by the deaths, in turn, of Lotario and Camila, the latter expiring not because of Anselmo's but of her lover's end. Cervantes, as in our second tale, contributes a tragic pathos to a rounding-off technique common to contemporary fiction and drama, in which characters are paired off or retribution is summarily administered. The entire articulation of the episodes makes up a fateful but fictionally convincing *novella*, to which (as again with the *Celoso extremeño*) Cervantes has given a dramatic shape and emphasis. As in the companion story, the plot has two main sections, the dividing-line coming at the point where the existing state of affairs is superseded, in the *Curioso impertinente* when Lotario is persuaded to carry out Anselmo's plan, in the *Celoso extremeño* when Loaisa decides to take up the 'challenge' of Leonora's confinement. The chapter divisions of the first story also help to underline its structural progress.[16]

Any study of Cervantes' fiction must take account of his language, which he uses to underline events and background. In the *Curioso impertinente*, structure and style often interlock. Thus, among other cases that could be cited, the emphatic use of metaphor to stress Camila's virtuousness.[17] The same figure used in Lotario's praise of Christian marriage, referred to above, also illustrates the importance of Cervantes' actual method of writing for an appreciation of his intuition and achievement. Again, the recurring references, in key phrases or words, to marital honour lend a precision to the awareness the reader is meant to apply to the tale as it develops.[18] Mention has already been made of the "dos amigos" theme both at the beginning and at the end: the author would seem to wish us to keep recalling throughout that the story also deals with the abuse of friendship and how it and marriage can come into conflict. The impertinence of the whole sorry business is also explicitly referred to at telling points, as stated above; and at one point these two themes are brought together in the phrase "el impertinente y el traidor amigo". It needs only one attentive reading to be convinced that Cervantes tightly combines language and subject-matter. A realisation of the existence of this interplay, in both tales, will also remind us that Cervantes' realism (which, for example, includes little physical description of the heroines) is one that mirrors moral as well as social and psychological reality. In the *Curioso impertinente* our author brings together these facets of life as he saw it, with occasional touches of humour and a pervasive irony, and thus produces an *exemplum* dressed in mature and controlled rhetoric.

Although the *Curioso impertinente* and the *Celoso extremeño* both represent Cervantes' short fictional works at their best, and, although they have several features in common, the second of these tales deals with a moral problem much more reminiscent of those found throughout Golden Age literature, that is, the situation caused by the keeping of wives from their suitors. Carrizales' error, therefore, is a more readily understandable one and needs less special pleading as a case of unusual experience. It is a straightforward if very exaggerated example of jealousy. The protagonist commits the grievous sin of pride by trying to impose his will on his young wife whom he thus renders defenceless against the very temptations from which he hopes to protect her. Like Calderón's Basilio, Carrizales acts with the best of intentions and endeavours to mould another to his wishes: "encerraréle y haréla de mis mañas, y con esto no tendrá otra condición que aquella que yo la enseñare". For the modern reader the *Celoso extremeño* will perhaps appear more credible: a man closely guards his wife who, however, for this reason cannot resist the blandishments of a persistent seducer. The very normality of this situation, a variant of the traditional 'triangle' of so many plays and stories, also allows Cervantes to treat it with more of his habitual humour than would have been possible with the other tale, in which the author has to concentrate on making acceptable characters and a plot which lie outside the conventionally verisimilar. In the *Celoso extremeño* Cervantes can also afford the luxury of appealing more openly to the reader's sympathy, especially in the tragedy and pathos of the ending. There will be those who prefer this story, but it is hoped that it can be seen as complementing the *Curioso impertinente* and thus show the breadth of Cervantes' imaginative exploration of human folly.

At the very beginning of the *Celoso extremeño* we are given a striking example of subordinating the non-essential to the essential, thus illustrating the basic artistic principle of selection. Carrizales' life up to the age of 68, when he has returned home enriched and wishes to settle down, is in fact dispatched in the first two paragraphs or so. The story proper begins at the point where the old Carrizales is revealed as "el más celoso hombre del mundo": this is what the tale is about. And yet his life up until now is much more than a biographical trimming, since it is the Prodigal son ("un otro Pródigo") who becomes the penitent seeking his redemption, as well as his fortune, in the New World, and is thus turned into the strangely unbalanced man we first meet. Carrizales' resolution had been: "proceder con más recato que hasta allí con las mujeres". The youthfulness of Anselmo helps to explain his aberration, just as Carrizales' maturity makes of him the old fool of whom it is said that he has no peers, especially when, as now, such a man falls in love. Cervantes has here set his story within the historical and social reality of the Hispanic world of his time: Flanders and Italy where the young sought war and adventure (and where our hero learned to be liberal!), Seville the great port with its accompanying low life, America whither fled the pursued, the malefactors and the unwanted ("engaño común de muchos y remedio particular de pocos"), and then Seville again where the story develops. The locale of the *Celoso extremeño*, it would seem, had its special relevance for the first generations of readers, just as the choice of Florence for the *Curioso impertinente* might be held to reflect its 'foreignness'.[19]

The decisions and plans of Carrizales are set forth in the early stages with a deliberation that insistently reminds us of the nature of his monomania (which extends even to the 'bribing' of his fearful parents-in-law). This is the story of a man of the most honourable intentions who loves his wife and wishes to give her everything she needs, and of a young woman of 13 or 14 years, herself entirely innocent and devoted to her husband. In fact, the *Celoso extremeño*, at least as much as the first tale, should be seen in the context of contemporary views on Christian marriage; it has also been argued that it was ideologically necessary for Cervantes to 'kill' his two protagonists after they had lost their marital honour, and that this should also persuade us of its fictional necessity. That is, in a society which both regarded adultery with horror and did not permit divorce as such, Anselmo and Carrizales had effectively destroyed their marriages and thus the tales should come to an end (both Bataillon and Rosales regard the meaning of the *Celoso extremeño* as having much to do with this particular code). The house or prison (Leonora's parents regarded it as a tomb) to which Carrizales brings her can be said to dominate the story, since it is here that he chose to live out his life and that his hopes were defrauded and they were both to meet tragedy. Both Casalduero, in *Sentido y forma de las Novelas ejemplares*, and Spitzer make a lot of the role of the house in their interpretations. The house symbolises a society that locks up its women, as its use in the European literature of the age testifies. Cervantes, however, makes us observe Carrizales' castle with a certain macabre humour. The new, and very jealous, husband, who had not permitted a tailor to dress his wife but had arranged for a poor woman to stand in for her, and who had refused to cohabit with her until the house was ready, now proceeds to pile absurdity upon absurdity. Cervantes here produces a comic *tour de force* which, for completeness, is not unlike the festive description of Monipodio's *cofradía* in *Rinconete y Cortadillo*. All windows looking towards the street were made to face upwards; the porch became a stable with a hayloft for the door-keeper, an old Negro eunuch, Luis; the walls of the flat roofs were raised so that a visitor had to look straight up to heaven; at the entrance there was installed a *torno* (the revolving partition let into a convent door, this being a first reference to the house as a nunnery); Carrizales lavished his money on furnishings and added four white and two black slaves; the caterer was to deliver but never to go beyond the *torno*, let alone sleep in the house, which anyway was provided with its material needs in bulk. The servants, all, excepting Luis, female, were joined by Marialonso, a duenna ("de mucha prudencia y gravedad", as our author says with, as it turns out, deep irony), who had the special care of her mistress. Finally, the servants, duly recompensed for their confinement, vowed the same loyalty to Carrizales as did his uninstructed and childlike wife. She knew no better, bowed her head and blindly acceded to it all; she went to mass early in the day and there saw her parents, while her husband briefly visited the city on business only to return to regale and entertain his 'harem' (the text says "serrallo") which did not even have a male cat or any canopy or hanging with male figures. At this point Cervantes (as in the *Curioso impertinente*) pauses to survey his scene: Carrizales is an Argos (a rather ominous classical allusion) who presides over a place which "olía a honestidad, recogimiento y recato" (words again recalling a religious community), and yet as Cervantes comments, "con todo esto, no pudo en ninguna manera prevenir ni excusar de caer en lo que recelaba". We are here again at a point of no return, for all this is to come tumbling down, and the undoer of Carrizales' world of maniacal solicitude is to show a matching ingeniousness, and uses the very instruments chosen for its creation and stability. Cervantes' choice of the young rake, Loaisa, has been praised by critics (e.g. Cirot), since he is seen as being very true to his age and society and thus an effective *deus ex machina*. One should add that he is motivated by a caprice, just as Carrizales' desires take an unexpected direction, which he had already rejected as inadvisable, once he found his feelings swayed on seeing Leonora for the first time. The account of Loaisa's clever deception of the apparently safe and 'neutral' male, Luis, by appearing as a ragged musician willing to teach the Negro to sing and play haunting Moorish songs ("tal es la inclinación que los negros tienen a ser músicos", as our author shrewdly comments), and by winning eventual entry to the house and an audience which will include Leonora herself, is a structural counterpart, in humorous detail, of the careful setting up of the household by Carrizales. This second part has a speed contrasting with the deliberate pace of the first part, and it makes use of quick-moving dialogue. Cervantes has built his tale simply as to its general shape, but all the more effectively so to carry the wealth of ironic comment. The story reaches its one point of farce when Loaisa agrees to swear that he will not harm the women, since they are maidens! His cynicism is paralleled by Marialonso's now open contempt for her master and her frank lust for the intruder. Leonora had already got hold of the key from beneath her husband's pillow, as he slept from her drugging, thus handing over the very symbol of his precautions. Her final concession, to be left alone with Loaisa, was easy to foresee: "En fin tanto dijo la dueña, tanto persuadió la dueña, que Leonora se rindió, Leonora se engañó, y Leonora se perdió, dando en tierra con todas las prevenciones del discreto Carrizales."[20] Although we here reach what would in many such tales be the climax, the releasing of tension, in this case it is a false crisis. The author makes this clear by pausing a second time with his thoughts on what has happened thus far, and with an anticipatory glance at the tale's meaning. Carrizales' efforts and intentions are listed and the reader is also invited to pause and to consider how useless these are against the guile of a *virote*, the malevolence of a duenna and the guilelessness of a young girl, their victim. For, as Cervantes says in another pregnant phrase (cf. note 18 above), "Carrizales dormía el sueño de la muerte de su honra", the words here recalling his appearance as of one embalmed for death, that is, after being rubbed with the ointment.

The moral climax, however, is really avoided and thus the tale can continue, for Leonora resists her lover.[21] The true *dénouement* is now hurried on. Cervantes not only breaks with the tradition of the *novella* in not making use of adultery, but he gives a further original touch when Carrizales refrains from avenging his honour in the usual way on discovering his wife and Loaisa in bed (cf. Cirot). These two departures from both contemporary fiction and drama prepare for the last climax, which, while reminiscent of that in the companion tale, induces in the reader a somewhat deeper compassion and pathos. Once again the agony seems to drag out, as Carrizales nears his end. Leonora, her parents and the others gather round, all overcome by grief. This, as has been noticed more than once, recalls the death-bed scene of Don Quixote, although the latter has then returned to sanity while the distracted Carrizales appears to be mad. The final tenderness between the old man and his child wife, when she tells him that she has deceived him in thought only, rounds off a quick progression of events, which include her husband's speech recognising his own blame for what has happened and hoping that Leonora and Loaisa will marry, as a widow might be expected to do at that time. Carrizales then makes his will in which he rewards even the most unworthy duenna. The parallel with Anselmo's end is obvious and significant. Both men meet a death they seem to expect as a fitting punishment. Their victims are forgiven but their worlds too are at an end. The one important difference between the two conclusions, so extolled for their imaginative force, corresponds to the 'reality' of each tale: Cervantes makes an effective end of Anselmo, Camila and Lotario, but he leaves Leonora and Loaisa to go their own sad and unfulfilled ways, Loaisa like a new Carrizales to the Indies, and Leonora to the strict seclusion, this time, of a real convent.[22] Further, the author, now close to the reader as he employs the first person, reflects on the tale's moral, which brings together for the last time 'clues' associated one way or another throughout the story: "lo poco que hay que fiar de llaves, tornos y paredes cuando queda la voluntad libre". The symbolism of the house and the reminder of Carrizales' error are with us to the very last. Then, as a parting touch of regret, Cervantes wonders why Leonora had not succeeded in making her dying husband aware of her innocence. These final words, which leave the reader for a time under the spell of the tale after it ends, contrast with the abruptness of those that conclude the *Curioso impertinente*; these, however, suit well a separate story of limited proportions, inserted in a larger work, and which also had an abrupt beginning.

The *Celoso extremeño*, once more like its companion in this edition, shows how Cervantes skilfully uses his style to underscore his intentions and to carry along the plot. The likening of Carrizales' house to a convent, the interplay of references to honour and its opposite, the mentions of keys and doors, the apt occurrence of a few classical allusions, and the references to death and the tomb, for instance, all quicken and enliven the narrative. If there is less emphatic and repetitive use of rhetorical devices, as, for example, in the dialogue between Anselmo and Lotario, this is surely because of the special probability of the *Celoso extremeño* and the requirements of its different pace.

The *Curioso impertinente* and the *Celoso extremeño* are more compact than, say, the *Gitanilla* or *Rinconete y Cortadillo*, because the former are tragedies of sorts, that is, they are examples of self-destruction and the unremitting unfolding of given positions; they see certain events through to a conclusion. Non-tragedies tend to assume a continuation, as in life, since they do not require the definitive endings of violent action or sudden death.[23] Both

our tales represent Cervantes as a keen spectator of life's uncer-
tainties in one of its most critical areas, namely marriage. And this
is a universal theme. Cervantes clearly saw these two tales as
essentially moral in intention. He seems to be saying that man
cannot be more than himself, and that he must recognise the
limits of his own actions and aspirations, and thus come to terms
with the desires of his fellows with whom he must live. His
critics have also stressed Cervantes' generosity and sense of
justice. That he used fiction, as others used the stage, so that it
could be made to state clear approval of some of society's oldest
rules and taboos is to say that he was a man of his age. His artistic
power is there to delight and to persuade the readers of our less
confident and sceptical time.

NOTES

1. Cf. A. González de Amezúa y Mayo, *Cervantes, creador de la novela corta
   española*, Madrid, 1956, tomo I, vol. II, in which there is a useful account
   of Cervantes and his Italian predecessors and of the former's originality
   in general terms (pp. 416–65). Tomo II of the same work (Madrid, 1958)
   gives a long summary of the criticism and sources of *El celoso extremeño*
   and also studies the question of the Porras version of the tale, its realism
   and its imitations (pp. 234–83). For such an imposing tribute to the
   Exemplary Novels, Amezúa's monograph is disappointing for its old-
   fashioned approach and its lack of true criticism.

2. See the following: A. Castro's well-known and much challenged interpretation, "error 'post mortem' " (*Pensamiento de Cervantes*, Madrid,
   1925, pp. 124–31); the thoughtful contributions of Georges Cirot
   ("Gloses sur les 'maris jaloux' de Cervantes", *Bull. Hisp.* XXXI (1929),
   pp. 1–74), and M. Bataillon ("Cervantes et le mariage chrétien", *ibid.*,
   XLIX (1947), pp. 129–44; and "Matrimonios cervantinos: ortodoxia
   humana", *Realidad*, II (1947), pp. 171–82); F. Ayala's slighter essay, which
   also brings in *El viejo celoso* (*La Torre*, VI (1958), pp. 81–90), and J. B.
   Avalle-Arce's perceptive study, also involving the *entremés*, and illustrating "Conocimiento y vida en Cervantes" (*Deslindes cervantinos*,
   Madrid, 1961, pp. 52–59).

3. One can find support for such a thesis in the well-argued essay of Franco
   Meregalli, "Le 'Novelas ejemplares' nello svolgimento della personalità
   di Cervantes", *Letterature moderne*, X (1960), pp. 334–51.

4. Cf. the early study of J. D. M. Ford, "Plot, tale and episode in *Don*

Quixote", *Mélanges de Linguistique et de Littérature offerts à M. Alfred Jeanroy* (Paris, 1928), pp. 311–23, and the more detailed and penetrating analysis of R. I. Immerwahr, "Structural symmetry in the episodic narratives of *Don Quijote*, Part One", *Comp. Lit.* x (1958), pp. 121–35. The very special character of the story has been well analysed by B. W. Wardropper ("The pertinence of El curioso impertinente", *P.M.L.A.* LXXII (1957), pp. 587–600) and by J. B. Avalle-Arce, *ibid.*, while its exemplariness is specifically referred to by E. C. Riley ("Episodio, novela y aventura en 'Don Quijote' ", *Anales cervantinos* v (1955–6), pp. 209–30), F. Ayala ("Los dos amigos", *Rev. de Occ.*, segunda serie, x (1965), No. 30, pp. 287–305), and R. de Garciasol (*Claves de España: Cervantes y el 'Quijote'*, Madrid, 1965, pp. 285–293). The tale was published separately, in French translation, as early as 1608 (Paris), and has been recently edited by F. Ayala (Salamanca, 1967, Biblioteca Anaya). (This last will be referred to later.) The *Curioso* has also appeared together with other stories of Cervantes: London, 1720–9, Paris, 1777, Leipzig, 1779, and Pavia, 1877–88.

5. See *Don Quixote*, Pt. II, chap. xliv, where both the *Curioso* and the story of "el cautivo" are referred to as "como separadas de la historia" (cf. ed. of M. de Riquer (London, 1950), p. 883).

6. There are separate eds. by J. Givanel y Mas (Barcelona, 1944), by A. Lambert (as *The Jealous Husband*, translated by W. Starkie, with introduction to the Spanish and French eds. by A. Rodríguez-Moñino and P. Guinard, Valencia, 1945) and by S. Pellegrini (with *El viejo celoso* and *La guarda cuidadosa*, and bibliography, Pisa, 1950). Among studies see those of L. Spitzer (*Zeitschrift für Rom. Phil.* LI (1931), pp. 194–225), an early attempt to lay bare the tale's essential meaning, although rather rigidly argued in places; A. Castro (*Sur* XVI (1947), pp. 45–75; reprinted in *Semblanzas y estudios españoles* (Princeton, 1956), pp. 271–95, and in *Hacia Cervantes* (Madrid, 1957), pp. 301–27), in which a study of Cervantes' motives is vitiated by the search for an illusory 'autobiography'; J. Casalduero (*Sentido y forma de las Novelas ejemplares de Cervantes*, 3rd ed. (Madrid, 1962), pp. 167–89), which reveals keen insight into the structure and content, albeit with this critic's established use of 'patterns'; A. Mas (*Bull. Hisp.* LVI (1954), pp. 396–407), which offers a balanced view of the story's moral meaning; L. Rosales (*Cervantes y la libertad* (Madrid, 1960), II, pp. 409–35), which provides an effective reply to the interpretations of A. Castro and includes a sound analysis of the tale's ideological and aesthetic features.

7. For earlier views, cf. for example: M. de Unamuno, *Vida de Don Quijote y Sancho* (*Obras completas* (Madrid, 1958), IV, p. 193); S. de Madariaga, *Guia del lector del 'Quijote'* (Madrid, 1926), pp. 75–76; M. A. Buchanan, *Estudios eruditos in memoriam de Adolfo Bonilla y San Martin* (Madrid, 1927), pp. 143–9.

Among more recent criticism see, for instance, the somewhat pretentious
comments of M. Casella (*Cervantes. Il Chiscoitte. La prima parte* (Florence,
1938), pp, 131–42); the remarks of K. Togeby (*La composition du roman
'Don Quijote'* (Copenhagen, 1957), pp. 11, 14, 25, 30); the studies of
Avalle-Arce and Wardropper, as in notes 2 and 4 above; and the well-
argued essay by J. Marías ("La pertinencia de 'El curioso impertinente' ",
Obras completas de J. M. (Madrid, 1959), III, pp. 306–11). One should also
recall that, of the earlier critics, A. Castro (*Pensamiento*, pp. 121–5)
believes that the tale belongs firmly to *Don Quixote*; he also gives a
useful summary of views up to 1925.

8. The *Curioso* takes up Chaps. XXXIII and XXXIV and is completed in
XXXV, that is, after the wine-skins episode, which, however, in the first
ed. of 1605 is not mentioned until the heading of Chap. XXXVI. This
apparent discrepancy has, beginning with the Spanish Academy ed. of
1780, been frequently 'put right' by including a reference to the episode
in the heading of Chap. XXXV. Some modern critics, however, challenge
this change and hold that Cervantes deliberately wished to prolong the
ending of the tale and thus create suspense as well as to point to the
manner by which the main plot is connected to its intercalated story.
See the comments of R. de Balbín Lucas ("Lo trágico y lo cómico
mezclado. Nota al capítulo XXXV de la Primera Parte del 'Quijote' ",
Homenaje a Cervantes (Valencia, 1950), II, pp. 311–20), and J. B. Avalle-
Arce, *op. cit.*, pp. 121–61.

9. Lotario warns Anselmo that the latter's plan may fail: "tendrás que
llorar contino, si no lágrimas de los ojos, lágrimas de sangre del corazón,
como las lloraba aquel simple doctor que nuestro poeta nos cuenta que
hizo la prueba del vaso, que, con mejor discurso, se escusó de hacerla el
prudente Reinaldos" (*ed. cit.*, p. 342).

10. For the *Crotalón* as a source, see Cirot, *ibid.*, and the early study by
Rudolph Schevill, "A note on *El Curioso impertinente*", *Rev. Hisp.* XXII
(1910), pp. 447–53.
   The history of the Two Friends in Spanish literature and its special
interest for Cervantes are discussed at some length by Avalle-Arce
(*op. cit.*, pp. 204–7, for reference to Cervantes). See also F. Ayala's
recent ed. of the *Curioso* (Salamanca, 1967, pp. 12–30), which summarises
this and other sources of the tale. A recent monograph, *Las influencias
italianas en la novela de "El curioso impertinente" de Cervantes* (Rome,
1963), by E. M. La Barbera, adds nothing to the picture, is very defi-
cient in bibliography, and both wordy and uncritical about the tale's
merits.
   For discussion of Cervantes' possible use or reflexion of French, Italian
and Spanish sources, see Cirot, *op. cit.*, as well as his two further studies
(*Bull. Hisp.* XXXI (1929), pp. 138–43 and 339–46). He returned later to
the same topic (*ibid.* XLII (1940), pp. 303–6), when he refers to others who

had contributed to the theme since his own first study, and, in particular, to an Arabic story resembling the *Celoso* and told to A. González-Palencia by a Moroccan in 1914 (see his *Historias y leyendas. Estudios literarios* (Madrid, 1942), pp. 161–75). Cirot recognises the possibility that Cervantes could have first heard of the jealous husband story during exile in Algiers, but discounts the probability. A. Castro (see article mentioned in note 6 above) grants this more plausibility, but then his study of the *Celoso* notoriously strays from the evidence of the text. Cirot's studies still form the most solid statement of Cervantes' sources for his two tales and are an impressive example of this late Hispanist's erudition. Cirot also gives a keen analysis of both stories, for which see below. D. P. Rotunda, in a later study ("More light on an Old Motif in the works of Cervantes", *Mod. Phil.* XLVIII (1950), pp. 86–89) provides a readable account of the two stories fused in the *Celoso* as they exist in the medieval collections and of how Cervantes could have got to know them.

11. See the early study by A. S. W. Rosenbach, "The Curious Impertinent in English dramatic literature before Shelton's translation of *Don Quixote*", *Mod. Lang. Notes* XVII (1902), cols. 357–67, and the much later and systematic examination by W. Perry, "The *Curious Impertinent* in *Amends for Ladies*", *Hisp. Rev.* XIV (1946), pp. 344–53. F. Ayala (see notes 4 and 10 above) deals with these influences, although less fully, and also with the traces and imitations of the *Curioso* in Spanish drama, beginning with the *comedia* of Guillén de Castro, up to the nineteenth century, as well as in French and Italian literature through the centuries. Ayala's new ed. of the tale contains a short but helpful analysis of the story but is strangely out of date in bibliography; see D. Kaplan, "The lover's test theme in Cervantes and Mme de Lafayette", *The French Review* XXVI (1952–3), pp. 285–90; cf. B. F. Sedwick in an article, "Cervantes' *El celoso extremeño* and Beaumarchais' *Le Barbier de Séville*", *ibid.* XXVIII (1954–5), pp. 300–8, and in part of a well-ordered monograph, *A History of the "Useless Precaution" plot in Spanish and French Literature* (Chapel Hill, 1964). This latter work brings up to date such earlier studies as those of Cirot.

12. These and related interpretations of Anselmo have been advanced and discussed by the following: Spitzer, Cirot, Casella, Wardropper, Avalle-Arce and Garciasol, in their studies referred to above. Casalduero (see his *Sentido y forma del Quijote* (Madrid, 1949), pp. 146–50) also argues the essential modernity of Anselmo whom, together with Carrizales, he sees as Cervantes' anti-heroes. See also a very recent and keen analysis by Lucette Roux (*Rev. des Langues Romanes* LXXV (1962/3), pp. 173–94).

13. Several critics have drawn attention to the comments by the priest after he had completed the reading of the tale to his audience: "Bien ... me parece esta novela; pero no me puedo persuadir que esto sea verdad;

y si es fingido, fingió mal el autor, porque no se puede imaginar que haya marido tan necio, que quiera hacer tan costosa experiencia como Anselmo. Si este caso se pusiera entre un galán y una dama, pudiérase llevar; pero entre marido y mujer, algo tiene del imposible; y en lo que toca al modo de contarle, no me descontenta" (see ed. of M. de Riquer, p. 381). *Don Quixote* is, of course, a rich mine of opinions and discussions, none of which should of necessity be taken as reflecting the author's own views. Here at least Cervantes has attempted once more to anticipate or to disarm criticism of his creation.

14. The title of Tirso de Molina's famous play is applied to our tale by R. de Garciasol, *op. cit.* The several links, of subject and technique, of the *Curioso* with *comedia* practice are suggested by Cirot (*Bull. Hisp.* XXXI (1929), pp. 49–62).

15. It is useful to recall here that the *Diccionario de Autoridades* gives these meanings of the words that concern us: "*Curioso...* el que trata las cosas con diligencia, ò el que se desvela en escudriñar las que son mui ocultas y reservadas; *Impertinente* (as *impertinencia*): dicho ù hecho que no viene a propósito, ò es fuera del caso; Vale tambien mala disposicion, humor melanchólico ù dessazonado, que hace desagradarse en todo, ò quiere ò pide cosas que no vienen a propósito; Se toma asimismo por importunidad ò instancia, en cosa que enfada y molesta; *Celoso* (given as *zeloso*): El que tiene zelos; Vale tambien el que tiene zelos, especialmente si lo manifesta en el cuidado, y vigilancia; Se aplica tambien al demasiadamente cuidadoso, y vigilante de lo que de algun modo le pertenece, sin permitir la menor cosa en contra." One should add that in modern Spanish "celoso" means both 'jealous' and 'zealous'.

16. Chap. XXXIII ends with Camila's decision to write to Anselmo about the overtures of Lotario, Chap. XXXIV, with the disgraceful deception of Anselmo by the lovers by means of the 'play'. The present ed., of course, prints the text without indicating the chapters of *Don Quixote* within which it falls, since the *Curioso* is now presented without reference to the larger novel.

17. She is referred to as "mujer retirada, honesta, desinteresada y prudente", and, indirectly, as "finísimo diamante" or in such general statements as: "La honesta y casta mujer es arminio", "Es asimesmo la buena mujer como espejo de cristal luciente y claro". Leonela eventually calls her mistress, for the purpose of the deception enacted in the 'play', "la flor de la honestidad del mundo, la corona de las buenas mujeres, el ejemplo de la castidad". Such hyperbole plays its part in emphasising the adultery which follows Anselmo's mad project.

18. There are several mentions of "honra" in the opening dialogue, while the tale in its later stages contains such phrases as these: "hacer notomía de las entrañas de su honra", "la tragedia de la muerte de su honra", "toda la perdición de su fama".

19. Cirot (*Bull. Hisp.* xxxi (1929), pp. 33–49) refers to the relevance of
    Seville in the tale, while one should not forget the early study of F.
    Rodríguez-Marín, *El Loaysa de "El celoso extremeño"*, *Estudio histórico-
    literario* (Seville, 1901), although it can be doubted whether modern
    criticism would now fully accept the 'historical' approach of this
    scholar, who, nevertheless, has done much to elucidate the social back-
    ground of the *Celoso* and other works of Cervantes.
    One should recall here the 'Spanishness' of such novels as *Rinconete y
    Cortadillo*, the *Licenciado Vidriera*, the *Gitanilla* and the *Ilustre Fregona*,
    as against the setting of such others as the *Española inglesa* or the *Amante
    liberal*. See the article of F. Pierce (*Bull. Span. Stud.* xxx (1953), pp.
    134–42) on Cervantes' use of geographical reference in certain of
    his short stories.

20. The use of this kind of pleonastic expression by Cervantes is referred to
    by Avalle-Arce (*op. cit.*, p. 206, n. 56), who quotes the *Celoso* at this
    point and also the rather more effective case from the *Curioso*: "Rindióse
    Camila, Camila se rindió."

21. Mention should certainly be made here of the alternative passage in the
    Porras version of the *Celoso* which has been the subject of much dispute,
    some holding that the latter is more acceptable for reasons of verisimili-
    tude (that is, because the manuscript version indicates that adultery was
    committed) than the version of the 1613 ed. The Porras MS. (in the name
    of a friend of Cervantes who also included texts of *Rinconete y Cortadillo*
    and the *Tía fingida*) was first published in 1778 and dates from 1606.
    At this point it reads as follows: "No estaba ya tan llorosa Isabela [that is,
    the Leonora of the printed ed.] en los brazos de Loaisa, a lo que creerse
    puede..." (The whole Porras text is reprinted in the ed. of the *Novelas
    ejemplares*, by R. Schevill and A. Bonilla y San Martín (Madrid, 1923),
    ii, pp. 148–265; this passage and, for example, the one which in the MS.
    gives a fuller account of Loaisa and the social type to which he belongs
    are reproduced by Rodríguez-Marín in the ed. of our tale which is used
    for the present ed., for which see note preceding this Introduction;
    for an account of the Porras MS. see A. González de Amezúa, *op. cit.*,
    Tomo ii, pp. 234–83). A. Castro (as in note 6 above) and M. Criado de
    Val (*Anales cervantinos*, ii (1952), pp. 231–48) have made detailed studies
    of the changes as between the Porras MS. and the 1613 ed. The latter
    scholar holds that the printed version is generally superior on stylistic
    grounds and that the changes also reflect Cervantes' desire for 'exem-
    plariness'. Castro (see also his *Pensamiento*, pp. 243–4) joins Rodríguez-
    Marín (ed. of *Clasicos castellanos*, ii, p. 158, n. 15) and A. Mas (*op. cit.*)
    in preferring the Porras version of the Loaisa/Leonora meeting. The
    present editor, however, agrees with the bulk of modern critics (e.g.
    Spitzer, *op. cit.*; Bataillon, note 2 above; Casalduero, note 6 above;
    Rosales, *op. cit.*, and F. Ayala, note 2 above) in regarding the 1613

version as in every way superior, both on aesthetic and psychological as well as on 'moral' grounds. A Leonora free from the stain of adultery, according to this view, adds much to the pathos and depth of the ending.

22. As stated above, Bataillon (*Bull. Hisp.* XLIX (1947), pp. 129–44) considers the endings of our two tales as highly significant, both for the structure and for the total interpretation in each case. Both Anselmo and Carrizales are seen as having exemplary deaths, which are in keeping with the concept of marriage underlying the narratives. Their ends also harmonise with the compassion and sense of guilt revealed in the husbands' last declarations. Bataillon concludes: "Est-il beaucoup de moments où Cervantes soit plus pleinement lui-même que dans ces dénouements si construits et dans leurs epilogues? Ils sont comme la signature du romancier."

23. Avalle-Arce (*op. cit.*, pp. 77–78), nevertheless, argues that the 1613 text of the *Celoso*, which does not 'kill off' Loaisa, as in fact happens in the Porras MS., provides a good example of the "forma abierta" story which Cervantes also uses in other cases. This, however, is a separate and valid point. Indeed, as stated in this Introduction, Cervantes allows Loaisa freedom to become another Carrizales.

EL CURIOSO IMPERTINENTE

En Florencia, cuidad rica y famosa de Italia, en la provincia que
llaman Toscana, vivían Anselmo y Lotario, dos caballeros ricos y
principales,[1] y tan amigos que, por excelencia y antonomasia, de
todos los que los conocían *los dos amigos* eran llamados. Eran
solteros, mozos de una misma edad y de unas mismas costumbres;
todo lo cual era bastante causa a que los dos con recíproca amistad
se correspondiesen. Bien es verdad que el[2] Anselmo era algo más
inclinado a los pasatiempos amorosos que el[2] Lotario, el cual llevaban tras sí los de la caza; pero cuando se ofrecía, dejaba Anselmo
de acudir a sus gustos, por seguir los de Lotario, y Lotario dejaba
los suyos, por acudir a los de Anselmo; y desta manera, andaban
tan a una sus voluntades, que no había concertado reloj que así lo
anduviese.

Andaba Anselmo perdido de amores de una doncella principal
y hermosa de la misma ciudad, hija de tan buenos padres y tan
buena ella por sí, que se determinó, con el parecer de su amigo
Lotario, sin el cual ninguna cosa hacía, de pedilla por esposa a sus
padres, y así lo puso en ejecución; y el que llevó la embajada[3] fue
Lotario, y el que concluyó el negocio tan a gusto de su amigo, que
en breve tiempo se vió puesto en la posesión que deseaba, y
Camila tan contenta de haber alcanzado a Anselmo por esposo, que
no cesaba de dar gracias al cielo, y a Lotario, por cuyo medio tanto
bien le había venido. Los primeros días, como todos los de boda
suelen ser alegres, continuó[4] Lotario como solía la casa de su
amigo Anselmo, procurando honralle, festejalle y regocijalle con
todo aquello que a él le fue posible; pero acabadas las bodas y

---

[1] **principales**: noble.
[2] **el**: this use of the definite article was then an Italianism.
[3] **embajada**: request, proposal.
[4] **continuó**: frequented.

sosegada ya la frecuencia de las visitas y parabienes, comenzó
Lotario a descuidarse con cuidado de las idas en casa de Anselmo,
por parecerle a él—como es razón que parezca a todos los que
fueren discretos—que no se han de visitar ni continuar las casas de
los amigos casados de la misma manera que cuando eran solteros;
porque aunque la buena y verdadera amistad no puede ni debe de
ser sospechosa en nada, con todo esto, es tan delicada la honra del
casado, que parece que se puede ofender aun de los mesmos
hermanos, cuanto más de los amigos.

Notó Anselmo la remisión de Lotario, y formó dél quejas
grandes, diciéndole que si él supiera que el casarse había de ser
parte para no comunicalle[1] como solía, que jamás lo hubiera hecho,
y que si, por la buena correspondencia que los dos tenían mientras
él fue soltero, habían alcanzado tan dulce nombre como el de ser
llamados *los dos amigos*, que no permitiese, por querer hacer del
circumspecto, sin otra ocasión alguna, que tan famoso y tan
agradable nombre se perdiese; y que así le suplicaba, si era lícito
que tal término de hablar se usase entre ellos, que volviese a ser
señor de su casa, y a entrar y salir en ella como de antes, asegurándole que su esposa Camila no tenía otro gusto ni otra voluntad
que la que él quería que tuviese, y que por haber sabido ella con
cuántas veras[2] los dos se amaban, estaba confusa de ver en él tanta
esquiveza.

A todas estas y otras muchas razones que Anselmo dijo a
Lotario para persuadille volviese como solía a su casa, respondió
Lotario con tanta prudencia, discreción y aviso, que Anselmo
quedó satisfecho de la buena intención de su amigo, y quedaron de
concierto que dos días en la semana y las fiestas fuese Lotario a
comer con él; y aunque esto quedó así concertado entre los dos,
propuso Lotario de no hacer más que aquello que viese que más
convenía a la honra de su amigo, cuyo crédito estimaba en más
que el suyo proprio.[3] Decía él, y decía bien, que el casado a quien
el cielo había concedido mujer hermosa, tanto cuidado había de
tener qué amigos llevaba a su casa como en mirar con qué amigas

---

[1] **comunicalle**: visit or see.
[2] **con cuántas veras**: how truly.
[3] **proprio**: = **propio**.

su mujer conversaba; porque lo que no se hace ni concierta en las plazas, ni en los templos, ni en las fiestas públicas ni estaciones[1]— cosas que no todas veces las han de negar los maridos a sus mujeres, —se concierta y facilita en casa de la amiga o la parienta de quien más satisfación se tiene.

También decía Lotario que tenían necesidad los casados de tener cada uno algún amigo que le advirtiese de los descuidos que en su proceder hiciese, porque suele acontecer que con el mucho amor que el marido a la mujer tiene, o no le advierte o no le dice, por no enojalla, que haga o deje de hacer algunas cosas, que el hacellas o no, le sería de honra o de vituperio; de lo cual, siendo del amigo advertido, fácilmente pondría remedio en todo. Pero ¿dónde se hallará amigo tan discreto y tan leal y verdadero como aquí Lotario le pide? No lo sé yo, por cierto; sólo Lotario era éste, que con toda solicitud y advertimiento miraba por la honra de su amigo, y procuraba dezmar,[2] frisar[3] y acortar los días del concierto del ir a su casa, porque no pareciese mal al vulgo ocioso y a los ojos vagabundos y maliciosos la entrada de un mozo rico, gentilhombre y bien nacido, y de las buenas partes que él pensaba que tenía, en la casa de una mujer tan hermosa como Camila; que, puesto que[4] su bondad y valor podía poner freno a toda maldiciente lengua, todavía[5] no quería poner en duda su crédito ni el de su amigo, y por esto los más de los días del concierto los ocupaba y entretenía en otras cosas, que él daba a entender ser inexcusables; así que en quejas del uno y disculpas del otro se pasaban muchos ratos y partes del día.

Sucedió, pues, que uno[6] que los dos se andaban paseando por un prado fuera de la ciudad, Anselmo dijo a Lotario las semejantes razones:

—Pensabas, amigo Lotario, que a las mercedes que Dios me ha hecho en hacerme hijo de tales padres como fueron los míos y al

[1] **estaciones**: visits to churches or shrines.
[2] **dezmar**: mod. **diezmar**.
[3] **frisar**: reduce or separate?
[4] **puesto que**: = **aunque** in older Spanish.
[5] **todavía**: = **aun así**.
[6] **uno**: = **uno de los días**. Separation of article and noun common to Golden Age Spanish.

darme, no con mano escasa, los bienes, así los que llaman de naturaleza como los de fortuna, no puedo yo corresponder con agradecimiento que llegue al bien recebido, y sobre[1] al que me hizo en darme a ti por amigo y a Camila por mujer propria, dos prendas que las estimo, si no en el grado que debo, en el que puedo. Pues con todas estas partes, que suelen ser el todo con que los hombres suelen y pueden vivir contentos, vivo yo el más despechado y el más desabrido hombre de todo el universo mundo; porque no sé qué días a esta parte me fatiga y aprieta un deseo tan estraño y tan fuera del uso común de otros, que yo me marvaillo de mí mismo, y me culpo y me riño a solas, y procuro callarlo y encubrirlo de mis proprios pensamientos; y así me ha sido posible salir con este secreto como si de industria procurara decillo a todo el mundo. Y pues que, en efeto, él ha de salir a plaza, quiero que sea en la del archivo de tu secreto,[2] confiado que, con él y con la diligencia que pondrás, como mi amigo verdadero, en remediarme, yo me veré presto libre de la angustia que me causa, y llegará mi alegría por tu solicitud al grado que ha llegado mi descontento por mi locura.

Suspenso tenían a Lotario las razones de Anselmo, y no sabía en qué había de parar tan larga prevención o preámbulo; y aunque iba revolviendo en su imaginación qué deseo podría ser aquel que a su amigo tanto fatigaba, dio siempre muy lejos del blanco de la verdad; y, por salir presto de la agonía que le causaba aquella suspensión, le dijo que hacía notorio agravio a su mucha amistad en andar buscando rodeos para decirle sus más encubiertos pensamientos, pues tenía cierto[3] que se podía prometer dél, o ya consejos para entretenellos, o ya remedio para cumplillos.

—Así es la verdad—respondió Anselmo,—y con esa confianza te hago saber, amigo Lotario, que el deseo que me fatiga es pensar si Camila, mi esposa, es tan buena y tan perfeta como yo pienso, y no puedo enterarme en[4] esta verdad, si no es probándola de manera que la prueba manifieste los quilates de su bondad, como el

---

[1] **sobre**: in addition.
[2] **archivo de tu secreto**: confidence of your discretion or silence.
[3] **tenía cierto**: = estaba cierto.
[4] **enterarme en**: = mod. enterarme de.

fuego muestra los del oro. Porque yo tengo para mí, ¡oh amigo!,
que no es una mujer más buena de cuanto es o no es solicitada, y
que aquella sola es fuerte que no se dobla a las promesas, a las
dádivas, a las lágrimas y a las continuas importunidades de los
solícitos amantes. Porque ¿qué hay que agradacer—decía él—
que una mujer sea buena, si nadie le dice que sea mala? ¿Qué
mucho que esté recogida y temerosa la que no le dan ocasión para
que se suelte, y la que sabe que tiene marido que, en cogiéndola en
la primera desenvoltura, la ha de quitar la vida? Ansí que la que
es buena por temor, o por falta de lugar, yo no la quiro tener en
aquella estima en que tendré a la solicitada y perseguida, que salió
con la corona del vencimiento. De modo que por estas razones, y
por otras muchas que te pudiera decir para acreditar y fortalecer la
opinión que tengo, deseo que Camila, mi esposa, pase por estas
dificultades, y se acrisole y quilate en el fuego de verse requerida y
solicitada, y de quien tenga valor para poner en ella sus deseos;
y si ella sale, como creo que saldrá, con la palma desta batalla,
tendré yo por sin igual mi ventura; podré yo decir que está
colmo[1] el vacío de mis deseos; diré que me cupo en suerte la mujer
fuerte, de quien el Sabio[2] dice que ¿quién la hallará? Y cuando esto
suceda al revés de lo que pienso, con el gusto de ver que acerté
en mi opinión, llevaré sin pena la que de razón podrá causarme mi
tan costosa experiencia. Y prosupuesto[3] que ninguna cosa de
cuantas me dijeres en contra de mi deseo ha de ser de algún
provecho para dejar de ponerle por la obra, quiero ¡oh amigo
Lotario! que te dispongas a ser el instrumento que labre aquesta
obra de mi gusto; que yo te daré lugar para que lo hagas, sin
faltarte todo aquello que yo viere ser necesario para solicitar a
una mujer honesta, honrada, recogida y desinteresada. Y mué-
veme, entre otras cosas, a fiar de ti esta tan ardua empresa, el ver
que si de ti es vencida Camila, no ha de llegar el vencimiento a
todo trance y rigor, sino a[4] sólo a tener por hecho lo que se ha de
hacer, por buen respeto, y así, no quedaré yo ofendido más de con

[1] **colmo**: = **colmado**.
[2] **el Sabio**: = King Solomon. See Proverbs XXXI. 10–31.
[3] **prosupuesto**: = **puesto que**.
[4] **a**: not needed in mod. Spanish.

el deseo, y mi injuria quedará escondida en la virtud de tu silencio, que bien sé que en lo que me tocare ha de ser eterno como el de la muerte. Así, que si quieres que yo tenga vida que pueda decir que lo es, desde luego has de entrar en esta amorosa batalla, no tibia ni perezosamente, sino con el ahinco y diligencia que mi deseo pide, y con la confianza que nuestra amistad me asegura.

Éstas fueron las razones que Anselmo dijo a Lotario, a todas las cuales estuvo tan atento, que si no fueron las que quedan escritas que le dijo, no desplegó sus labios hasta que hubo acabado; y viendo que no decía más, después que le estuvo mirando un buen espacio, como si mirara otra cosa que jamás hubiera visto, que le causara admiración y espanto, le dijo:

—No me puedo persuadir ¡oh amigo Anselmo! a que no sean burlas las cosas que me has dicho; que a pensar que de veras las decías, no consintiera que tan adelante pasaras, porque con no escucharte previniera tu larga arenga. Sin duda imagino, o que no me conoces, o que yo no te conozco. Pero no; que bien sé que eres Anselmo, y tú sabes que yo soy Lotario; el daño está en que yo pienso que no eres el Anselmo que solías, y tú debes de haber pensado que tampoco yo soy el Lotario que debía ser, porque las cosas que me has dicho, ni son de aquel Anselmo mi amigo, ni las que me pides se han de pedir a aquel Lotario que tú conoces; porque los buenos amigos han de probar a sus amigos y valerse dellos, como dijo un poeta, *usque ad aras*;[1] que quiso decir que no se habían de valer de su amistad en cosas que fuesen contra Dios. Pues si esto sintió un gentil[2] de la amistad, ¿cuánto mejor es que lo sienta el cristiano, que sabe que por ninguna humana ha de perder la amistad divina? Y cuando el amigo tirase tanto la barra,[3] que pusiese aparte los respetos del cielo por acudir a los de su amigo, no ha de ser por cosas ligeras y de poco momento, sino por aquellas en que vaya la honra y la vida de su amigo. Pues dime tú ahora, Anselmo: ¿cuál destas dos cosas tienes en peligro para que yo me aventure a complacerte y a hacer una cosa tan detestable

---

[1] **usque ad aras**: the phrase in fact is attributed to Pericles by the historian Plutarch.

[2] **gentil**: pagan.

[3] **tirar la barra**: phrase from gymnastics used to mean 'to go too far'.

como me pides? Ninguna, por cierto; antes me pides, según yo
entiendo, que procure y solicite quitarte la honra y la vida, y
quitármela a mí juntamente. Porque si yo he de procurar quitarte la honra, claro está que te quito la vida, pues el hombre sin
honra peor es que un muerto; y siendo yo el instrumento, como
tú quieres que lo sea, de tanto mal tuyo, ¿no vengo a quedar,
deshonrado, y, por el mesmo consiguiente,[1] sin vida? Escucha,
amigo Anselmo, y ten paciencia de no responderme hasta que
acabe de decirte lo que se me ofreciere acerca de lo que te ha
pedido tu deseo; que tiempo quedará para que tú me repliques y
yo te escuche.

—Que me place—dijo Anselmo;—di lo que quisieres.

Y Lotario prosiguió diciendo:

—Paréceme ¡oh Anselmo! que tienes tú ahora el ingenio como
el que siempre tienen los moros, a los cuales no se les puede dar a
entender el error de su secta con las acotaciones de la Santa Escritura, ni con razones que consistan en especulación del entendimiento, ni que vayan fundadas en artículos de fe, sino que les
han de traer ejemplos palpables, fáciles, intelegibles, demostrativos, indubitables, con demostraciones matemáticas que no se
pueden negar, como cuando dicen: "Si de dos partes iguales
quitamos partes iguales, las que quedan también son iguales"; y
cuando esto no entiendan de palabra, como, en efeto, no lo
entienden, háseles de mostrar con las manos, y ponérselo delante
de los ojos, y aun con todo esto, no basta nadie con ellos a persuad-
irles las verdades de mi sacra religión. Y este mesmo término y
modo me convendrá usar contigo, porque el deseo que en ti ha
nacido va tan descaminado y tan fuera de todo aquello que tenga
sombra de razonable, que me parece que ha de ser tiempo gastado[2]
el que ocupare en darte a entender tu simplicidad, que por ahora
no le quiero dar otro nombre, y aun estoy por dejarte en tu
desatino, en pena de tu mal deseo; mas no me deja usar deste rigor
la amistad que te tengo, la cual no consiente que to deje puesto en
tan manifiesto peligro de perderte. Y porque claro lo veas, dime,
Anselmo: ¿tú no me has dicho que tengo de solicitar a una

---

[1] **por el mesmo consiguiente**: by the same token.
[2] **gastado**: = **malgastado**.

retirada, persuadir a una honesta, ofrecer a una desinteresada, servir[1] a una prudente? Sí, que me lo has dicho. Pues si tú sabes que tienes mujer retirada, honesta, desinteresada y prudente, ¿qué buscas? Y si piensas que de todos mis asaltos ha de salir vencedora, como saldrá sin duda, ¿qué mejores títulos piensas darle después que los que ahora tiene, o qué será más después de lo que es ahora? O es que tú no la tienes por la que dices, o tú no sabes lo que pides. Si no la tienes por lo que dices, ¿para qué quieres probarla, sino, como a mala, hacer della lo que más te viniere en gusto? Mas si es tan buena como crees, impertinente cosa será hacer experiencia de la mesma verdad, pues, después de hecha, se ha de quedar con la estimación que primero tenía. Así que es razón concluyente que el intentar las cosas de las cuales antes nos puede suceder daño que provecho es de juicios sin discurso[2] y temerarios, y más cuando quieren intentar aquellas a que no son forzados ni compelidos, y que de muy lejos traen descubierto que el intentarlas es manifiesta locura. Las cosas dificultosas se intentan por Dios, o por el mundo, o por entrambos a dos:[3] las que se acometen por Dios son las que acometieron los santos, acometiendo a vivir vida de ángeles en cuerpos humanos; las que se acometen por respeto del mundo son las de aquellos que pasan tanta infinidad de agua, tanta diversidad de climas, tanta estrañeza de gentes, por adquirir estos que llaman bienes de fortuna.[4] Y las que se intentan por Dios y por el mundo juntamente son aquellas de los valerosos soldados, que apenas veen en el contrario muro[5] abierto tanto espacio cuanto es el que pudo hacer una redonda bala de artillería, cuando, puesto aparte todo temor, sin hacer discurso ni advertir al manifiesto peligro que les amenaza, llevados en vuelo de las alas del deseo de volver por su fe, por su nación y por su rey, se arrojan intrépidamente por la mitad de mil contrapuestas muertes que los esperan. Estas cosas son las que suelen intentarse, y es honra, gloria y provecho intentarlas, aunque tan llenas de inconvenientes y

[1] **servir**: pay court to.
[2] **sin discurso**: irrational.
[3] **entrambos a dos**: = **ambos**.
[4] These words may reflect Spanish experience overseas.
[5] **contrario muro**: = **muro de los enemigos**.

peligros. Pero la que tú dices que quieres intentar y poner por
obra, ni te ha de alcanzar gloria de Dios, bienes de la fortuna, ni
fama con los hombres; porque, puesto que salgas con ella como
deseas, no has de quedar ni más ufano, ni más rico, ni más honrado
que estás ahora; y si no sales, te has de ver en la mayor miseria que
imaginarse pueda, porque no te ha de aprovechar pensar entonces
que no sabe nadie la desgracia que te ha sucedido; porque bastará
para afligirte y deshacerte que la sepas tú mesmo. Y para confirmación desta verdad, te quiero decir una estancia que hizo el
famoso poeta Luis Tansilo, en el fin de su primera parte de *Las
Lágrimas de San Pedro*,[1] que dice así:

> Crece el dolor y crece la vergüenza
> en Pedro, cuando el día se ha mostrado,
> y aunque allí no ve a nadie, se avergüenza
> de sí mesmo, por ver que había pecado:
> que a un magnánimo pecho a haber vergüenza
> no sólo ha da moverle el ser mirado;
> que de sí se avergüenza cuando yerra,
> si bien otro[2] no vee que cielo y tierra.

Así que no escusarás con el secreto tu dolor; antes tendrás que
llorar contino,[3] si no lágrimas de los ojos, lágrimas de sangre del
corazón, como las lloraba aquel simple doctor que nuestro poeta[4]
nos cuenta que hizo la prueba del vaso, que, con mejor discurso, se
escusó de hacerla el prudente Reinaldos; que puesto que aquello sea
ficción poética, tiene en sí encerrados secretos morales dignos de
ser advertidos y entendidos e imitados. Cuanto más que con lo que
ahora pienso decirte acabarás de venir en conocimiento del grande
error que quieres cometer. Dime, Anselmo, si el cielo, o la suerte
buena, te hubiera hecho señor y legítimo posesor de un finísimo
diamante, de cuya bondad y quilates estuviesen satisfechos cuantos
lapidarios le viesen, y que todos a una voz y de común parecer
dijesen que llegaba en quilates, bondad y fineza a cuanto se podía

---

[1] Tansillo's poem was translated into Spanish by Luis Gálvez de Montalvo,
in 1587, but the following stanza appears to be Cervantes' own version.

[2] **otro:** = **otra cosa.**

[3] **contino:** = **continuamente.**

[4] **nuestro poeta:** Ariosto, whose *Orlando furioso* was well known to
Cervantes and his age. Lotario, of course, speaks here as an Italian.

estender la naturaleza de tal piedra, y tú mesmo lo creyeses así, sin saber otra cosa en contrario, ¿serís justo que te viniese en deseo de tomar aquel diamante, y ponerle entre un ayunque[1] y un martillo, y allí, a pura fuerza de golpes y brazos, probar si es tan duro y tan fino como dicen? Y más, si lo pusieses por obra; que, puesto caso que la piedra hiciese resistencia a tan necia prueba, no por eso se le añadiría más valor ni más fama; y así se rompiese, cosa que podría ser, ¿no se perdía todo? Sí, por cierto, dejando a su dueño en estimación de que todos le tengan por simple. Pues haz cuenta, Anselmo amigo, que Camila es finísimo diamante, así en tu estimación como en la ajena, y que no es razón ponerla en contingencia de que se quiebre, pues aunque se quede con su entereza, no puede subir a más valor del que ahora tiene; y si faltese y no resistiese, considera desde ahora cuál quedarías sin ella, y con cuánta razón te podrías quejar de ti mesmo, por haber sido causa de su perdición y la tuya. Mira que no hay joya en el mundo que tanto valga como la mujer casta y honrada, y que todo el honor de las mujeres consiste en la opinión buena que dellas se tiene; y pues la de tu esposa es tal que llega al estremo de bondad que sabes, ¿para qué quieres poner esta verdad en duda? Mira, amigo, que la mujer es animal imperfecto, y que no se le han de poner embarazos donde tropiece y caiga, sino quitárselos y despejalle el camino de cualquier inconveniente, para que sin pesadumbre corra ligera a alcanzar la perfección que la falta, que consiste en el ser virtuosa. Cuentan los naturales[2] que el arminio[3] es un animalejo que tiene una piel blanquísima, y que cuando quieren cazarle, los cazadores usan deste artificio: que, sabiendo las partes por donde suele pasar y acudir, las atajan con lodo, y después, ojeándole,[4] le encaminan hacia aquel lugar, y así como el arminio llega al lodo, se está quedo y se deja prender y cautivar, a trueco de no pasar por el cieno y perder y ensuciar su blancura, que la estima en más que la libertad y la vida. La honesta y casta mujer es arminio, y es más que nieve blanca y limpia la

---

[1] **ayunque**: = **yunque**.
[2] **naturales**: natural scientists.
[3] **arminio**: = **armiño**.
[4] **ojeándole**: shooing it. Verb derived from exclamation *ox*.

virtud de la honestidad; y el que quisiere que no la pierda, antes la guarde y conserve, ha de usar de otro estilo diferente que con el arminio se tiene, porque no le han de poner delante el cieno de los regalos y servicios de los importunos amantes, porque quizá, y aun sin quizá, no tiene tanta virtud y fuerza natural que pueda por sí mesma atropellar y pasar por aquellos embarazos; y es necesario quitárselos y ponerle delante la limpieza de la virtud y la belleza que encierra en sí la buena fama. Es asimesmo la buena mujer como espejo de cristal luciente y claro; pero está sujeto a empañarse y escurecerse con cualquiera aliento que le toque. Hase de usar con la honesta mujer el estilo que con las reliquias: adorarlas y no tocarlas. Hase de guardar y estimar la mujer buena como se guarda y estima un hermoso jardín que está lleno de flores y rosas, cuyo dueño no consiente que nadie le pasee ni manosee; basta que desde lejos y por entre las verjas de hierro gocen de su fragancia y hermosura. Finalmente, quiero decirte unos versos que se me han venido a la memoria, que los oí en una comedia moderna,[1] que me parece que hacen al propósito de lo que vamos tratando. Aconsejaba un prudente viejo a otro, padre de una doncella, que la recogiese, guardase y encerrase, y entre otras razones, le dijo éstas:

> Es de vidrio la mujer;
> pero no se ha de probar
> si se puede o no quebrar,
> porque todo podría ser.
> Y es más fácil el quebrarse,
> y no es cordura ponerse
> a peligro de romperse
> lo que no puede soldarse.
> Y en esta opinión estén
> todos, y en razón la fundo;
> que si hay Dánaes en el mundo,
> hay pluvias[2] de oro también.

Cuanto hasta aquí te he dicho ¡oh Anselmo! ha sido lo que a ti te toca; y ahora es bien que se oiga algo de lo que a mí me conviene;

---

[1] **comedia moderna**: unidentified but perhaps Cervantes' lost play, *La confusa*.
[2] **pluvias**: = **lluvias**.

y si fuere largo, perdóname; que todo lo requiere el laberinto donde te has entrado y de donde quieres que yo te saque. Tú me tienes por amigo, y quieres quitarme la honra, cosa que es contra toda amistad; y aun no sólo pretendes esto, sino que procuras que yo te la quite a ti. Que me la quieres quitar a mí está claro, pues cuando Camila vea que yo la solicito, como me pides, cierto está que me ha de tener por hombre sin honra y mal mirado, pues intento y hago una cosa tan fuera de aquello que el ser quien soy y tu amistad me obliga. De que quieres que te la quite a ti no hay duda, porque viendo Camila que yo la solicito, ha de pensar que yo he visto en ella alguna liviandad que me dió atrevimiento a descubrirle mi mal deseo, y teniéndose por deshonrada, te toca a ti, como a cosa suya, su mesma deshonra. Y he aquí nace lo que comúnmente se platica:[1] que el marido de la mujer adúltera, puesto que él no lo sepa ni haya dado ocasión para que su mujer no sea la que debe, ni haya sido en su mano, ni en su descuido y poco recato estorbar su desgracia, con todo, le llaman y le nombran con nombre de vituperio y bajo, y en cierta manera le miran los que la maldad de su mujer saben con ojos de menospecrio, en cambio de mirarle con los de lástima, viendo que no por su culpa, sino por el gusto de su mala compañera, está en aquella desventura. Pero quiérote decir la causa por que con justa razón es deshonrado el marido de la mujer mala, aunque él no sepa que lo es, ni tenga culpa, ni haya sido parte, ni dado ocasión, para que ella lo sea. Y no te canses de oirme; que todo ha de redundar en tu provecho. Cuando Dios crió a nuestro primero padre en el Paraíso terrenal, dice la divina Escritura que infundió Dios sueño en Adán, y que, estando durmiendo, le sacó una costilla del lado siniestro, de la cual formó a nuestra madre Eva; y así como Adán despertó y la miró, dijo: "Ésta es carne de mi carne y hueso de mis huesos." Y Dios dijo: "Por ésta dejará el hombre a su padre y madre, y serán dos en una carne misma."[2] Y entonces fue instituído el divino sacramento del matrimonio, con tales lazos, que sola la muerte puede desatarlos. Y tiene tanta fuerza y virtud este milagroso sacramento, que hace que dos diferentes personas sean una mesma carne; y aun

[1] **se platica**: = **se practica**.
[2] Quotations from Genesis ii. 21–24.

hace más en los buenos casados, que, aunque tienen dos almas, no tienen más de una voluntad. Y de aquí viene que, como la carne de la esposa sea una mesma con la del esposo, las manchas que en ella caen, o los defectos que se procura, redundan en la carne del marido, aunque él no haya dado, como queda dicho, ocasión para aquel daño. Porque así como el dolor del pie o de cualquier miembro del cuerpo humano le siente todo el cuerpo, por ser todo de una carne mesma, y la cabeza siente el daño del tobillo, sin que ella se le haya causado[1], así el marido es participante de la deshonra de la mujer, por ser una mesma cosa con ella. Y como las honras y deshonras del mundo sean todas y nazcan de carne y sangre, y las de la mujer mala sean deste género, es forzoso que al marido le quepa parte dellas, y sea tenido por deshonrado sin que él lo sepa. Mira, pues, ¡oh Anselmo! al peligro que te pones en querer turbar el sosiego en que tu buena esposa vive; mira por cuán vana e impertinente curiosidad quieres revolver los humores[2] que ahora están sosegados en el pecho de tu casta esposa; advierte que lo que aventuras a ganar es poco, y que lo que perderás será tanto, que lo dejaré en su punto,[3] porque me faltan palabras para encarecerlo. Pero si todo cuanto he dicho no basta a moverte de tu mal propósito, bien puedes buscar otro instrumento de tu deshonra y desventura: que yo no pienso serlo, aunque por ello pierda tu amistad, que es la mayor pérdida que imaginar puedo.

Calló en diciendo esto el virtuoso y prudente Lotario, y Anselmo quedó tan confuso y pensativo, que por un buen espacio no le pudo responder palabra; pero, en fin, le dijo:

—Con la atención que has visto he escuchado, Lotario amigo, cuanto has querido decirme, y en tus razones, ejemplos y comparaciones he visto la mucha discretión que tienes y el estremo de la verdadera amistad que alcanzas; y ansimesmo veo y confieso que si no sigo tu parecer y me voy tras el mío, voy huyendo del bien y corriendo tras el mal. Prosupuesto esto, has de considerar que yo padezco ahora la enfermedad que suelen tener algunas mujeres, que se les antoja comer tierra, yeso, carbón y otras cosas peores

---

[1] This statement from 1 Corinthians XII. 20–26.

[2] **humores**: the humours supposed to make up the body.

[3] **lo dejaré en su punto**: I shall leave the matter simply stated.

aún, asquerosas para mirarse, cuanto más para comerse;[1] así que es menester usar de algún artificio para que yo sane, y esto se podía hacer con facilidad, sólo con que comiences, aunque tibia y fingidamente, a solicitar a Camila, la cual no ha de ser tan tierna, que a los primeros encuentros dé con su honestidad por tierra; y con sólo este principio quedaré contento, y tú habrás cumplido con lo que debes a nuestra amistad, no solamente dándome la vida, sino persuadiéndome de no verme sin honra. Y estás obligado a hacer esto por una razón sola; y es que, estando yo, como estoy, determinado de poner en plática[2] esta prueba no has tú de consentir que yo dé cuenta de mi desatino a otra persona, con que pondría en aventura[3] el honor que tú procuras que no pierda; y cuando el tuyo no esté en el punto que debe en la intención[4] de Camila en tanto que la solicitares, importa poco o nada, pues con brevedad, viendo en ella la entereza que esperamos, le podrás decir la pura verdad de nuestro artificio con que volverá tu crédito al ser primero. Y pues tan poco aventuras y tanto contento me puedes dar aventurándote, no lo dejes de hacer, aunque más inconvenientes se te pongan delante, pues, como ya he dicho, con sólo que comiences daré por concluída la causa.

Viendo Lotario la resoluta voluntad de Anselmo, y no sabiendo qué más ejemplos traerle ni qué más razones mostrarle para que no la siguiese, y viendo que le amenazaba que daría a otro cuenta de su mal deseo, por evitar mayor mal, determinó de contentarle y hacer lo que le pedía, con propósito e intención de guiar aquel negocio de modo que, sin alterar los pensamientos de Camila, quedase Anselmo satisfecho; y así le respondió que no comunicase su pensamiento con otro alguno, que él tomaba a su cargo aquella empresa, la cual comenzaría cuando a él[5] le diese más gusto. Abrazóle Anselmo tierna y amorosamente, y agradecióle su ofrecimiento, como si alguna grande merced le hubiera hecho;

---

[1] A reference to the unusual appetite of some hysterical or pregnant women.
[2] **plática**: = **práctica**.
[3] **en aventura**: at risk.
[4] **intención**: opinion.
[5] **él**: Anselmo.

y quedaron de acuerdo entre los dos que desde otro día siguiente[1]
se comenzase la obra; que él le daría lugar y tiempo como a sus
solas pudiese hablar a Camila, y asimesmo le daría dineros y
joyas que darla y que ofrecerla. Aconsejóle que le diese músicas,
que escribiese versos en su alabanza, y que, cuando él no quisiese
tomar trabajo de hacerlos, él[2] mesmo los haría. A todo se ofreció
Lotario, bien con diferente intencion que Anselmo pensaba.

Y con este acuerdo se volvieron a casa de Anselmo, donde
hallaron a Camila con ansia y cuidado, esperando a su esposo,
porque aquel día tardaba en venir más de lo acostumbrado.

Fuése Lotario a su casa, y Anselmo quedó en la suya, tan contento como Lotario fue pensativo, no sabiendo qué traza dar para
salir bien de aquel impertinente negocio. Pero aquella noche pensó
el modo que tendría para engañar a Anselmo sin ofender a Camila,
y otro día vino a comer con su amigo, y fue bien recebido de
Camila, la cual le recebía y regalaba con mucha voluntad, por
entender la buena que su esposa le tenía.

Acabaron de comer, levantaron los manteles y Anselmo dijo a
Lotario que se quedase allí con Camila en tanto que él iba a un
negocio forzoso; que dentro de hora y media volvería. Rogóle
Camila que no se fuese, y Lotario se ofreció a hacerle compañía;
mas nada aprovechó con Anselmo; antes importunó a Lotario
que se qudease y le aguardase, porque tenía que tratar con él
una cosa de mucha importancia. Dijo también a Camila que no
dejase solo a Lotario en tanto que él volviese. En efeto, él supo tan
bien fingir la necesidad o necedad de su ausencia, que nadie
pudiera entender que era fingida. Fuése Anselmo, y quedaron
solos a la mesa Camila y Lotario, porque la demás gente de casa
toda se había ido a comer. Vióse Lotario puesto en la estacada[3]
que su amigo deseaba y con el enemigo delante, que pudiera
vencer con sola su hermosura a un escuadrón de caballeros arma-
dos: mirad si era razón que le temiera Lotario.

Pero lo que hizo fué poner el codo sobre el brazo de la silla, y
la mano abierta en la mejilla, y pidiendo perdón a Camila del mal

---

[1] **otro día siguiente:** = **otro día**: on the following day.
[2] **él**: Anselmo.
[3] **puesto en la estacada**: defeated. Phrase from listing in jousts.

comedimiento, dijo que quería reposar un poco tanto que Anselmo volvía. Camila la respondió que mejor reposaría en el estrado[1] que en la silla, y así, le rogó se entrase a dormir en él. No quiso Lotario, y allí se quedó dormido hasta que volvió Anselmo, el cual, como halló a Camila en su aposento y a Lotario durmiendo, creyó que, como se había tardado tanto, ya habrían tenido los dos lugar para hablar, y aun para dormir, y no vio la hora en que Lotario despertase, para volverse con él fuera y preguntarle de su ventura.

Todo le sucedió como él quiso: Lotario despertó, y luego salieron los dos de casa, y así, le preguntó lo que deseaba, y le respondió Lotario que no le había parecido ser bien que la primera vez se descubriese del todo, y así, no había hecho otra cosa que alabar a Camile de hermosa, diciéndole que en toda la ciudad no se trataba de otra cosa que de su hermosura y discreción, y que éste le había parecido buen principio para entrar ganando la voluntad, y disponiénolda a que otra vez le escuchase con gusto, usando en esto del artificio que el demonio usa cuando quiere engañar a alguno que está puesto en atalaya[2] de mirar por sí; que se transforma en ángel de luz, siéndolo él de tinieblas, y poniéndole delante apariencias buenas, al cabo descubre quién es y sale con su intención, si a los principios no es descubierto su engaño. Todo esto le contentó mucho a Anselmo, y dijo que cada día daría el mesmo lugar, aunque no saliese de casa, porque en ella se ocuparía en cosas que Camila no pudiese venir en conocimiento de su artificio.

Sucedió, pues, que se pasaron muchos días que sin decir Lotario palabra a Camila, respondía a Anselmo que la hablaba y jamás podía sacar della una pequeña muestra de venir en ninguna cosa que mala fuese, ni aun dar una señal de sombre de esperanza; antes decía que le amenazaba que si de aquel mal pensamiento no se quitaba, que lo había de decir a su esposo.

—Bien está—dijo Anselmo. —Hasta aquí ha resistido Camila a las palabras; es menester ver cómo resiste a las obras: yo os[3] daré mañana dos mil escudos de oro para que se los ofrezcáis, y aun se

---

[1] **estrado**: room where ladies reclined on cushions.

[2] **en atalaya**: on guard.

[3] **os**: note unaccountable but brief shift from singular to plural.

los deis, y otros tantos para que compréis joyas con que cebarla; que las mujeres suelen ser aficionadas, y más si son hermosas, por más castas que sean, a esto de traerse bien[1] y andar galanas; y si ella resiste a esta tentación, yo quedaré satisfecho y no os daré más pesadumbre.

Lotario respondió que ya que había comenzado, que él llevaría hasta el fin aquella empresa, puesto que entendía salir della cansado y vencido. Otro día recibió los cuatro mil escudos, y con ellos cuatro mil confusiones, porque no sabía qué decirse para mentir de nuevo; pero, en efeto, determinó de decirle que Camila estaba tan entera a las dádivas y promesas como a las palabras, y que no había para qué cansarse más, porque todo el tiempo se gastaba en balde.

Pero la suerte, que las cosas guiaba de otra manera, ordenó que, habiendo dejado Anselmo solos a Lotario y a Camila, como otras veces solía, él se encerró en un aposento y por los agujeros de la cerradura estuvo mirando y escuchando lo que los dos trataban, y vio que en más de media hora Lotario no habló palabra a Camila, ni se la hablara si allí estuviera un siglo, y cayó en la cuenta de que cuanto su amigo le había dicho de las respuestas de Camila toda era ficción y mentira. Y para ver si esto era ansí, salió del aposento, y llamando a Lotario aparte, le preguntó qué nuevas había y de qué temple estaba Camila. Lotario le respondió que no pensaba más darle puntada en aquel negocio,[2] porque respondía tan áspera y desabridamente, que no tendría ánimo para volver a decirle cosa alguna.

—¡Ah—dijo Anselmo,—Lotario, Lotario, y cuán mal correspondes a lo que me debes y a lo mucho que de ti confío! Ahora te he estado mirando por el lugar que concede la entrada desta llave, y he visto que no has dicho palabra a Camila; por donde me doy a entender que aun las primeras le tienes por decir; y si esto es así, como sin duda lo es, ¿para qué me engañas, o por qué quieres quitarme con tu industria los medios que yo podría hallar para conseguir mi deso?

[1] **traerse bien**: to dress well.

[2] **no pensaba más darle puntada en aquel negocio**: he did not intend to pursue the matter further.

No dijo más Anselmo; pero bastó lo que había dicho para dejar corrido y confuso a Lotario; el cual, casi como tomando por punto de honra el haber sido hallado en mentira, juró a Anselmo que desde aquel momento tomaba tan a su cargo el contentalle y no mentille, cual lo vería si con curiosidad lo espiaba; cuanto más que no sería menester usar de ninguna diligencia, porque la que él pensaba poner en satisfacelle le quitaría de toda sospecha. Creyóle Anselmo, y para dalle comodidad más segura y menos sobresaltada, determinó de hacer ausencia de su casa por ocho días, yéndose a la de un amigo suyo, que estaba en una aldea, no lejos de la ciudad; con el cual amigo concertó que le enviase a llamar con muchas veras, para tener ocasión con Camila de su partida.

¡Desdichado y mal advertido de ti, Anselmo! ¿Qué es lo que haces? ¿Qué es lo que trazas? ¿Qué es lo que ordenas? Mira que haces contra ti mismo, trazando tu deshonra y ordenando tu perdición. Buena es tu esposa Camila; quieta y sosegadamente la posees; nadie sobresalta tu gusto; sus pensamientos no salen de las paredes de su casa; tú eres su cielo en la tierra, el blanco de sus deseos, el cumplimiento de sus gustos y la medida por donde mide su voluntad, ajustándola en todo con la tuya y con la del cielo. Pues si la mina de su honor, hermosura, honestidad y recogimiento te da sin ningún trabajo toda la riqueza que tiene y tú puedes desear, ¿para qué quieres ahondar la tierra, y buscas nuevas vetas de nuevo y nunca visto tesoro, poniéndote a peligro que toda venga abajo, pues, en fin, se sustenta sobre los débiles arrimos de su flaca naturaleza? Mira que el que busca lo imposible, es justo que lo posible se le niegue, como lo dijo mejor un poeta,[1] diciendo:

> Busco en la muerte la vida,
> salud en la enfermedad,
> en la prisión libertad,
> en lo cerrado salida
> y en el traidor lealtad.
> Pero mi suerte, de quien
> jamás espero algún bien,

---

[1] **un poeta**: unidentified but the following lines echo others in Cervantes' play, *El gallardo español*.

con el cielo ha estatuído
que, pues lo imposible pido,
lo posible aun no me den.

Fuése otro día Anselmo a la aldea, dejando dicho a Camila que
el tiempo que él estuviese ausente vendría Lotario a mirar por su
casa y a comer con ella; que tuviese cuidado de tratalle como a su
mesma persona. Afligióse Camila, como mujer discreta y honrada,
de la orden que su marido le dejaba, y díjole que advirtiese que no
estaba bien que nadie, él ausente, ocupase la silla de su mesa; y que
si lo hacía por no tener confianza que ella sabría gobernar su casa,
que probase por aquella vez, y vería por experiencia como para
mayores cuidados era bastante. Anselmo le replicó que aquél era
su gusto, y que no tenía más que hacer que bajar la cabeza y
obedecelle. Camila dijo que ansí lo harís, aunque contra su
voluntad.

Partióse Anselmo, y otro día vino a su casa Lotario, donde fue
rescebido de Camila con amoroso y honesto acogimiento; la
cual jamás se puso en parte donde Lotario la viese a solas, porque
siempre andaba rodeada de sus criados y criadas, especialmente de
una doncella suya llamada Leonela, a quien ella mucho quería
por haberse criado desde niñas las dos juntas en casa de los padres
de Camila, y cuando se casó con Anselmo la trujo consigo. En los
trea días primeros nunca Lotario le dijo nada, aunque pudiera,
cuando se levantaban los manteles y la gente se iba a comer con
mucha priesa, proque así se lo tenía mandado Camila. Y aun
tenía orden Leonela que comiese primero que Camila, y que de
su lado jamás se quitase; mas ella, que en otras cosas de su gusto
tenía puesto el pensamiento y había menester aquellas horas y
aquel lugar para ocuparle en sus contentos, no cumplía todas veces
el mandamiento de su señora; antes los dejaba solos, como si
aquello le hubieran mandado. Mas la honesta presencia de Camila,
la gravedad de su rostro, la compostura de su persona era tanta,
que ponía freno a la lengua de Lotario.

Pero el provecho que las muchas virtudes de Camila hicieron
poniendo silencio en la lengua de Lotario, redundó más en daño
de los dos, porque si la lengua callaba, el pensamiento discurría
y tenía lugar de contemplar, parte por parte, todos los estremos de

bondad y de hermosura que Camila tenía, bastantes a enamorar una estatua de mármol, no que[1] un corazón de carne.

Mirábala Lotario en el lugar y espacio que había de hablarla, y consideraba cuán digna era de ser amada; y esta consideración comenzó poco a poco a dar asaltos a los respectos que a Anselmo tenía, y mil veces quiso ausentarse de la ciudad y irse donde jamás Anselmo le viese a él, ni él viese a Camila; mas ya le hacía impedimento y detenía el gusto que hallaba en mirarla. Hacíase fuerza y peleaba consigo mismo por desechar y no sentir el contento que le llevaba a mirar a Camila. Culpábase a solas de su desatino; llamábase mal amigo, y aun mal cristiano; hacía discursos[2] y comparaciones entre él y Anselmo, y todos paraban en decir que más había sido la locura y confianza de Anselmo que su poca fidelidad, y que si así tuviera disculpa para con Dios como para con los hombres de lo que pensaba hacer, que no temiera pena por su culpa.

En efecto, la hermosura y la bondad de Camila, juntamente con la ocasión que el ignorante marido le había puesto en las manos, dieron con la lealtad de Lotario en tierra; y, sin mirar a otra cosa que aquella a que su gusto le inclinaba, al cabo de tres días de la ausencia de Anselmo, en los cuales estuvo en continua batalla por resistir a sus deseos, comenzó a requebrar a Camila, con tanta turbación y con tan amorosas razones, que Camila quedó suspensa, y no hizo otra cosa que levantarse de donde estaba y entrarse en su aposento, sin respondelle palabra alguna. Mas no por esta sequedad se desmayó en Lotario la esperanza, que siempre nace juntamente con el amor; antes tuvo en más a Camila. La cual, habiendo visto en Lotario lo que jamás pensara, no sabía qué hacerse. Y, pareciéndole no ser cosa segura ni bien hecha darle ocasión ni lugar a que otra vez la hablase, determinó de enviar aquella mesma noche, como lo hizo, a un criado suyo con un billete a Anselmo, donde le escribió estas razones:

Así como suele decirse que parece mal el ejército sin su general y el castillo sin su castellano, digo yo que parece muy peor la mujer casada y moza sin su marido, cuando justísimas ocasiones no lo impiden. Yo me

---

[1] **no que**: not to mention.
[2] **discursos**: reflexion.

hallo tan mal sin vos, y tan imposibilitada de no poder sufrir esta
ausencia, que si presto no venís, me habré de ir a entretener[1] *en casa de*
mis padres, aunque deje sin guarda la vuestra; porque la que me dejastes,
si es que quedó con tal título, creo que mira más por su gusto que por lo
que a vos os toca; y pues sois discreto, no tengo más que deciros, ni aun
es bien que más os diga.[2]

Esta carta recibió Anselmo, y entendió por ella que Lotario
había ya comenzado la empresa, y que Camila debía de haber
respondido como él deseaba; y, alegre sobremanera de tales nuevas,
respondió a Camila, de palabra, que no hiciese mudamiento de su
casa en modo ninguno, porque él volvería con mucha brevedad.
Admirada quedó Camila de la respuesta de Anselmo, que la puso
en más confusión que primero, porque ni se atrevía a estar en su
casa, ni menos irse a la de sus padres; porque en la quedada corría
peligro su honestidad; y en la ida, iba contra el mandamiento de
su esposo.

En fin, se resolvió en lo que estuvo peor, que fue en el quedarse,
con determinación de no huir la presencia de Lotario, por no dar
que decir a sus criados, y ya le pesaba de haber escrito lo que
escribió a su esposo, temerosa de que no pensase que Lotario había
visto en ella alguna desenvoltura que le hubiese movido a no
guardalle el decoro que debía. Pero, fiada en su bondad, se fio
en Dios y en su buen pensamiento, con que pensaba resistir
callando a todo aquello que Lotario decirle quisiese, sin dar más
cuenta a su marido, por no ponerle en alguna pendencia y trabajo.
Y aun andaba buscando manera como disculpar a Lotario con
Anselmo, cuando le preguntase la ocasión que le había movido a
escribirle aquel papel. Con estos pensamientos, más honrados que
acertados ni provechosos, estuvo otro día escuchando a Lotario, el
cual cargó la mano[3] de manera que comenzó a titubear la firmeza
de Camila, y su honestidad tuvo harto que hacer en acudir a los
ojos, para que no diesen muestra de alguna amorosa compasión
que las lágrimas y las razones de Lotario en su pecho habían despertado. Todo esto notaba Lotario, y todo le encendía.

[1] **entretener**: lodge temporarily.
[2] Note that Camila addresses her husband in the formal second plural.
[3] **cargó la mano**: spoke with insistence.

Finalmente, a él le pareció que era menester, en el espacio y lugar que daba la ausencia de Anselmo, apretar el cerco a aquella fortaleza, y así acometió a su presunción con las alabanzas de su hermosura, porque no hay cosa que más presto rinda y allane las encastilladas torres de la vanidad de las hermosas que la mesma vanidad, puesta en las lenguas de la adulación. En efecto, él, con toda diligencia, minó la roca de su entereza, con tales pertrechos, que aunque Camila fuera toda de bronce, viniera al suelo. Lloró, rogó, ofreció, aduló, porfió y fingió Lotario con tantos sentimientos, con muestras de tantas veras, que dio al través con el recato de Camila y vino a triunfar de lo que menos se pensaba y más deseaba.

Rindióse Camila; Camila se rindió; pero ¿qué mucho si la amistad de Lotario no quedó en pie? Ejemplo claro que nos muestra que sólo se vence la pasión amorosa con huílla, y que nadie se ha de poner a brazos[1] con tan poderoso enemigo, porque es menester fuerzas divinas para vencer las suyas humanas. Sólo supo Leonela la flaqueza de su señora, porque no se la pudieron encubrir los dos malos amigos y nuevos amantes. No quiso Lotario decir a Camila la pretensión de Anselmo, ni que él le había dado lugar para llegar a aquel punto, porque no tuviese en menos su amor, y pensase que así, acaso y sin pensar, y no de propósito, la había solicitado.

Volvió de allí a pocos días Anselmo a su casa, y no echó de ver lo que faltaba en ella, que era lo que en menos tenía y más estimaba. Fuése luego a ver a Lotario, y hallóle en su casa; abrazáronse los dos, y el uno preguntó por las nuevas de su vida o de su muerte.

—Las nuevas que te podré dar ¡oh amigo Anselmo!—dijo Lotario, —son de que tienes una mujer que dignamente puede ser ejemplo y corona de todas las mujeres buenas. Las palabras que le he dicho se las ha llevado el aire; los ofrecimientos se han tenido en poco; las dádivas no se han admitido; de algunas lágrimas fingidas mías se ha hecho burla notable. En resolución, así como Camila es cifra[2] de toda belleza, es archivo donde asiste la honestidad y vive el comedimiento y el recato, y todas las virtudes que

[1] **poner a brazos**: compete with.
[2] **cifra**: the sum total.

pueden hacer loable y bien afortunada a una honrada mujer. Vuelve a tomar tus dineros, amigo, que aquí los tengo, sin haber tenido necesidad de tocar a ellos; que la entereza de Camila no se rinde a cosas tan bajas como son dádivas ni promesas. Conténtate, Anselmo, y no quieras hacer más pruebas de las hechas, y pues a pie enjuto has pasado el mar de las dificultades y sospechas que de las mujeres suelen y pueden tenerse, no quieras entrar de nuevo en el profundo piélago de nuevos inconvenientes, ni quieras hacer experiencia con otro piloto de la bondad y fortaleza del navío que el cielo te dio en suerte para que en él pasases la mar deste mundo; sino haz cuenta que estas ya en seguro puerto, y aférrate con las áncoras de la buena consideración, y déjate estar hasta que te vengan a pedir la deuda que no hay hidalguía humana que de pagarla se escuse.

Contentísimo quedó Anselmo de las razones de Lotario, y así se las creyó como si fueran dichas por algún oráculo. Pero, con todo eso, le rogó que no dejase la empresa, aunque no fuese más de por curiosidad y entretenimiento; aunque no se aprovechase de allí adelante de tan ahincadas diligencias como hasta entonces; y que sólo quería que le escribiese algunos versos en su alabanza, debajo del nombre de Clori, porque él le daría a entender a Camila que andaba enamorado de una dama, a quien le había puesto aquel nombre por poder celebrarla con el decoro que a su honestidad se le debía. Y que, cuando Lotario no quisiera tomar trabajo de escribir los versos, que él los haría.

—No será menester eso —dijo Lotario, —pues no me son tan enemigas las musas que algunos ratos del año no me visiten. Dile tú a Camila lo que has dicho del fingimiento de mis amores; que los versos yo los haré; si no tan buenos como el subjeto merece, serán, por lo menos, los mejores que yo pudiere.

Quedaron deste acuerdo el impertinente y el traidor amigo; y, vuelto Anselmo a su casa, preguntó a Camila lo que ella ya se maravillaba que no se lo hubiese preguntado: que fue que le dijese la ocasión por que[1] le había escrito el papel que le envió. Camila le respondió que le había parecido que Lotario la miraba un poco más desenvueltamente que cuando él estaba en casa;

¹ **por que**: = **por la cual**.

pero que ya estaba desengañada y creía que había sido imaginación suya, porque ya Lotario huía de vella y de estar con ella a solas. Díjole Anselmo que bien podía estar segura de aquella sospecha, porque él sabía que Lotario estaba enamorado de una doncella principal de la ciudad, a quien él celebraba debajo del nombre de Clori, y que, aunque no lo estuviera, no había que temer de la verdad de Lotario y de la mucha amistad de entrambos. Y, a no estar avisada Camila de Lotario de que eran fingidos aquellos amores de Clori, y que él se lo había dicho a Anselmo por poder ocuparse algunos ratos en las mismas alabanzas de Camila, ella, sin duda, cayera en la desesperada red de los celos; mas, por estar ya advertida, pasó aquel sobresalto sin pesadumbre.

Otro día, estando los tres sobre mesa,[1] rogó Anselmo a Lotario dijese alguna cosa de las que había compuesto a su amada Clori; que, pues Camila no la conocía, seguramente podía decir lo que quisiese.

—Aunque la conociera —respondió Lotario, —no encubriera yo nada; porque cuando algún amante loa a su dama de hermosa y la nota de cruel, ningún oprobrio[2] hace a su buen crédito; pero, sea lo que fuere, lo que sé decir, que ayer hice un soneto[3] a la ingratitud desta Clori, que dice ansí:

SONETO

En el silencio de la noche, cuando
ocupa el dulce sueño a los mortales,
la pobre cuenta de mis ricos males
estoy al cielo y a mi Clori dando.

Y al tiempo cuando el sol se va mostrando
por las rosadas puertas orientales,
con suspiros y acentos desiguales
voy la antigua querella renovando.

Y cuando el sol, de su estrellado asiento
derechos rayos a la tierra envía,

---

[1] **sobre mesa:** = **de sobremesa.**

[2] **oprobrio:** = **oprobio.**

[3] **soneto:** with small variations this poem also occurs in Cervantes' play, *La casa de los celos.*

el llanto crece y doblo los gemidos.
  Vuelve la noche, y vuelvo al triste cuento,
  y siempre hallo, en mi mortal porfía,
  al cielo, sordo; a Clori, sin oídos.

Bien le pareció el soneto a Camila; pero mejor a Anselmo, pues le alabó, y dijo que era demasiadamente cruel la dama que a tan claras verdades no correspondía. A lo que dijo Camila:

—Luego ¿todo aquello que los poetas enamorados dicen es verdad?

—En cuanto poetas, no la dicen —respondió Lotario; —Mas en cuanto enamorados, siempre quedan tan cortos como verdaderos.

—No hay duda deso —replicó Anselmo, todo por apoyar y acreditar los pensamientos de Lotario con Camila, tan descuidada[1] del artificio de Anselmo como ya enamorada de Lotario.

Y así, con el gusto que de sus cosas tenía, y más, teniendo por entendido que sus deseos y escritos a ella se encaminaban, y que ella era la verdadera Clori, le rogó que si otro soneto o otros versos sabía, los dijese.

—Sí sé —respondió Lotario; —pero no creo que es tan bueno como el primero, o, por mejor decir, menos malo. Y podréislo bien juzgar, pues es éste:

SONETO

Yo sé que muero; y si no soy creído,
es más cierto el morir, como es más cierto
verme a tus pies ¡oh bella ingrata! muerto,
antes que de adorarte arrepentido.
  Podré yo verme en la región de olvido,
de vida y gloria y de favor desierto,
y allí verse podrá en mi pecho abierto
como tu hermoso rostro está esculpido.
  Que esta reliquia guardo para el duro
trance que me amenaza mi porfía,
que en tu mismo rigor se fortalece.
  ¡Ay de aquel que navega, el cielo escuro,
por mar no usado y peligrosa vía,
adonde norte o puerto no se ofrece!

---

[1] **descuidada**: unsuspecting.

También alabó este segundo soneto Anselmo como había hecho el primero, y desta manera iba añadiendo eslabón a eslabón a la cadena con que se enlazaba y trababa su deshonra, pues cuando más Lotario le deshonraba, entonces le decía que estaba más honrado; y con esto, todos los escalones que Camila bajaba hacia el centro de su menosprecio, los subía en la opinión de su marido, hacia la cumbre de la virtud y de su buena fama.

Sucedió en esto que, hallándose una vez, entre otras, sola Camila con su doncella, le dijo:

—Corrida estoy, amiga Leonela, de ver en cuán poco he sabido estimarme, pues siquiera no hice que con el tiempo comprara Lotario la entera posesión que le di tan presto de mi voluntad. Temo que ha de estimar mi presteza o ligereza, sin que eche de ver la fuerza que él me hizo para no poder resistirle.

—No te dé pena eso, señora mía —respondió Leonela; —que no está la monta[1] ni es causa para menguar la estimación darse lo que se da presto, si, en efecto, lo que se da es bueno, y ello por sí digno de estimarse. Y aun suele decirse que el que luego da, da dos veces.

—También se suele decir —dijo Camila, —que lo que cuesta poco se estima en menos.

—No corre por ti esa razón[2] —respondió Leonela, —porque el amor, según he oído decir, unas veces vuela y otras anda; con éste corre, y con aquél va despacio; a unos entibia, y a otros abrasa; a unos hiere, y a otros mata; en un mesmo punto comienza la carrera de sus deseos, y en aquel mesmo punto la acaba y concluye; por la mañana suele poner el cerco a una fortaleza, y a la noche la tiene rendida, porque no hay fuerza que le resista. Y siendo así, ¿de qué te espantas, o de qué temes, si lo mismo debe de haber acontecido a Lotario, habiendo tomado el amor por instrumento de rendirnos la ausencia de mi señor. Y era forzoso que en ella se concluyese lo que el amor tenía determinado, sin dar tiempo al tiempo[3] para que Anselmo le tuviese de volver, y con su presencia quedase imperfecta la obra. Porque el amor no tiene otro mejor ministro para ejecutar lo que desea que es la ocasión: de la ocasión

[1] **no está la monta**: it is not important that.
[2] **No corre por ti esa razón**: that does not apply to you.
[3] **dar tiempo al tiempo**: await the right opportunity.

se sirve en todos sus hechos, principalmente en los principios. Todo esto sé yo muy bien, más de experiencia que de oídas, y algún día te lo diré, señora; que yo también soy de carne y de sangre moza. Cuanto más, señora Camila, que no te entregaste ni diste tan luego, que primero no hubieses visto en los ojos, en los suspiros, en las razones y en las promesas y dádivas de Lotario toda su alma, viendo en ella y en sus virtudes cuán digno era Lotario de ser amado. Pues si esto es ansí, no te asalten la imaginación esos escrupulosos y melindrosos pensamientos; sino asegúrate que Lotario te estima como tú le estimas a él, y vive con contento y satisfacción de que ya que caíste en el lazo amoroso; es el que te aprieta de valor y de estima. Y que no sólo tiene las cuatro eses[1] que dicen que han de tener los buenos enamorados, sino todo un abecé[2] entero: si no, escúchame, y verás como te lo digo de coro. Él es, según yo veo y a mí me parece, agradecido, bueno, caballero, dadivoso, enamorado, firme, gallardo, honrado, ilustre, leal, mozo, noble, onesto, principal, quantioso, rico y las eses que dicen, y luego, tácito, verdadero. La X no le cuadra, porque es letra áspera; la Y ya está dicha; la Z, zelador de tu honra.

Rióse Camila del abecé de su doncella, y túvola por más plática[3] en las cosas de amor que ella decía; y así lo confesó ella, descubriendo a Camila como trataba amores con un mancebo bien nacido, de la mesma ciudad; de lo cual se turbó Camila, temiendo que era aquél camino por donde su honra podía correr riesgo. Apuróla si pasaban sus pláticas a más que serlo. Ella, con poca vergüenza y mucha desenvoltura, le respondió que sí pasaban. Porque es cosa ya cierta que los descuidos de las señoras quitan la vergüenza a las criadas, las cuales, cuando ven a las amas echar traspiés,[4] no se les da nada a ellas de cojear, ni de que lo sepan.

No pudo hacer otra cosa Camila sino rogar a Leonela no dijese nada de su hecho al que decía ser su amante, y que tratase sus cosas

---

[1] **cuatro eses**: they appeared in contemporary texts as: **sabio, solo, solícito, secreto.**

[2] **un abecé**: these 'alphabets' were common then. Cf. a famous one in Lope de Vega's play, *Peribáñez y el comendador de Ocaña.*

[3] **plática**: practised.

[4] **echar traspiés**: = **dar traspiés.**

en secreto, por que no viniesen a noticia de Anselmo ni de Lotario. Leonela respondió que así lo haría; mas cumpliólo de manera, que hizo cierto el temor de Camila de que por ella había de perder su crédito. Porque la deshonesta y atrevida Leonela, después que vio que el proceder de su ama no era el que solía, atrevióse a entrar y poner dentro de casa a su amante, confiada que, aunque su señora le viese, no había de osar descubrille; que este daño acarrean, entre otros, los pecados de las señoras: que se hacen esclavas de sus mesmas criadas, y se obligan a encubrirles sus deshonestidades y vilezas, como aconteció con Camila; que, aunque vio una y muchas veces que su Leonela estaba con su galán en un aposento de su casa, no sólo no la osaba reñir, mas dábale lugar a que lo encerrase, y quitábale todos los estorbos, para que no fuese visto de su marido.

Pero no los pudo quitar, que Lotario no le viese una vez salir, al romper del alba; el cual, sin conocer quién era, pensó primero que debía de ser alguna fantasma; mas cuando le vio caminar, embozarse y encubrirse con cuidado y recato, cayó de su simple pensamiento, y dio en otro, que fuera la perdición de todos, si Camila no lo remediara. Pensó Lotario que aquel hombre que había visto salir tan a deshora de casa de Anselmo no había entrado en ella por Leonela, ni aun se acordó si Leonela era en el mundo: sólo creyó que Camila, de la misma manera que había sido fácil y ligera con él, lo era para otro; que estas añadiduras trae consigo la maldad de la mujer mala: que pierde el crédito de su honra con el mesmo a quien se entregó rogada y persuadida, y cree que con mayor facilidad se entrega a otros, y da infalible crédito a cualquiera sospecha que desto le venga. Y no parece sino que le faltó a Lotario en este punto todo su buen entendimiento, y se le fueron de la memoria todos sus advertidos discursos; pues, sin hacer alguno que bueno fuese, ni aun razonable, sin más ni más, antes que Anselmo se levantase, impaciente y ciego de la celosa rabia que las entrañas le roía, muriendo por vengarse de Camila, que en ninguna cosa le había ofendido, se fue a Anselmo y le dijo:

—Sábete, Anselmo, que ha muchos días que he andado peleando conmigo mesmo, haciéndome fuerza a no decirte lo que ya no es posible ni justo que más te encubra. Sábete que la fortaleza de

Camila está ya rendida y subjeta a todo aquello que yo quisiese hacer della; y si he tardado en descubrirte esta verdad, ha sido por ver si era algún liviano antojo suyo, o si lo hacía por probarme y ver si eran con propósito firme tratados los amores que, con tu licencia, con ella he comenzado. Creí ansimismo que ella, si fuera la que debía y la que entrambos pensábamos, ya te hubiera dado cuenta de mi solicitud; pero habiendo visto que se tarda, conozco que son verdades las promesas que me ha dado de que cuando otra vez hagas ausencia de tu casa, me hablará en la recámara, donde está el repuesto de tus alhajas —y era la verdad que allí le solía hablar Camila; —y no quiero que precipitosamente corras a hacer alguna venganza, pues no está aun cometido el pecado sino con pensamiento, y podría ser que desde éste hasta el tiempo de ponerle por obra se mudase el de Camila, y naciese en su lugar el arrepentimiento. Y así, ya que, en todo o en parte, has seguido siempre mis consejos, sigue y guarda uno que ahora te diré, para que sin engaño y con medroso advertimiento te satisfagas de aquello que más vieres que te convenga. Finge que te ausentas por dos o tres días, como otras veces sueles, y haz de manera que te quedes escondido en tu recámara, pues los tapices que allí hay y otras cosas con que te puedas encubrir te ofrecen mucha comodidad, y entonces verás por tus mismos ojos, y yo por los míos, lo que Camila quiere; y si fuere la maldad que se puede temer antes que esperar, con silencio, sagacidad y descreción podrás ser el verdugo de tu agravio.

Absorto, suspenso y admirado quedó Anselmo con las razones de Lotario, porque le cogieron en tiempo donde menos las esperaba oir, porque ya tenía a Camila por vencedora de los fingidos asaltos de Lotario, y comenzaba a gozar la gloria del vencimiento. Callando estuvo por un buen espacio, mirando al suelo sin mover pestaña, y al cabo dijo:

—Tú lo has hecho, Lotario, como yo esperaba de tu amistad; en todo he de seguir tu consejo; haz lo que quisieres y guarda aquel secreto que ves que conviene en caso tan no pensado.

Prometióselo Lotario, y, en apartándose dél, se arrepintió totalmente de cuanto le había dicho, viendo cuán neciamente había andado, pues pudiera él vengarse de Camila y no, por camino tan cruel y tan deshonrado. Maldecía su entendimiento, afeaba su ligera determinación y no sabía qué medio tomarse para deshacer lo hecho, o para dalle alguna razonable salida. Al fin, acordó de dar cuenta de todo a Camila; y como no faltaba lugar para poderlo hacer, aquel mismo día la halló sola, y ella así como vió que le podía hablar, le dijo:

—Sabed, amigo Lotario, que tengo una pena en el corazón, que me le aprieta de suerte que parece que quiere reventar en el pecho, y ha de ser maravilla si no lo hace; pues ha llegado la desvergüenza de Leonela a tanto, que cada noche encierra a un galán suyo en esta casa, y se está con él hasta el día, tan a costa de mi crédito, cuanto le quedará campo abierto de juzgarlo al que le viere salir a horas tan inusitadas de mi casa. Y lo que me fatiga es que no la puedo castigar ni reñir: que el ser ella secretario[1] de nuestros tratos me ha puesto un freno en la boca para callar los suyos, y temo que de aquí ha de nacer algún mal suceso.

Al principio que Camila esto decía creyó Lotario que era artificio para desmentille que el hombre que había visto salir era de Leonela, y no suyo; pero viéndola llorar, y afligirse, y pedirle remedio, vino a creer la verdad, y, en creyéndola, acabó de estar confuso y arrepentido del todo. Pero, con todo esto, respondió a Camila que no tuviese pena; que él ordenaría remedio para atajar la insolencia de Leonela. Díjole asimismo lo que, instigado de la furiosa rabia de los celos, había dicho a Anselmo, y como estaba concertado de esconderse en la recámara, para ver desde allí a la clara la poca lealtad que ella le guardaba. Pidióle perdón desta locura, y consejo para poder remedialla y salir bien de tan revuelto laberinto como[2] su mal discurso le había puesto.

Espantada quedó Camila de oír lo que Lotario le decía, y con mucho enojo y muchas discretas razones le riñó y afeó su mal pensamiento, y la simple y mala determinación que había tenido; pero, como naturalmente tiene la mujer ingenio presto para el bien y para el mal, más que el varón, puesto que le va faltando cuando de propósito se pone a hacer discursos, luego al instante

[1] **secretario**: witness.
[2] **como**: = como aquel en que.

halló Camila el modo de remediar tan al parecer inremediable[1]
negocio, y dijo a Lotario que procurase que otro día se escondiese
Anselmo donde decía, porque ella pensaba sacar de su escondi-
miento comodidad para que desde allí en adelante los dos se
gozasen sin sobresalto alguno; y, sin declararle del todo su pensamiento, le advirtió que tuviese cuidado que en estando Anselmo
escondido, él viniese cuando Leonela le llamase, y que a cuanto
ella le dijese le respondiese como respondiera aunque no supiera
que Anselmo le escuchaba. Porfió Lotario que le acabase de
declarar su intención, porque con más seguridad y aviso guardase
todo lo que viese ser necessario.

—Digo —dijo Camila —que no hay más que guardar, si no
fuere responderme como yo os preguntare —no queriendo Camila
darle antes cuenta de lo que pensaba hacer, temerosa que no
quisiese seguir el parecer que a ella tan bueno le parecía, y siguiese
o buscase otros que no podrían ser tan buenos.

Con esto, se fue Lotario; y Anselmo, otro día, con la escusa de
ir a aquella aldea de su amigo, se partió y volvió a esconderse; que
lo pudo hacer con comodidad, porque de industria se la dieron
Camila y Leonela.

Escondido, pues, Anselmo, con aquel sobresalto que se puede
imaginar que tendría el que esperaba ver por sus ojos hacer
notomía[2] de las entrañas de su honra, víase a pique de perder el
sumo bien que él pensaba que tenía en su querida Camila. Seguras
ya y ciertas Camila y Leonela que Anselmo estaba escondido,
entraron en la recámara; y, apenas hubo puesto los pies en ella
Camila, cuando, dando un grande suspiro, dijo:

—¡Ay, Leonela amiga! ¿No sería mejor que antes que llegase a
poner en ejecución lo que no quiero que sepas, porque no procures
estorbarlo, que tomases la daga de Anselmo, que te he pedido, y
pasases con ella este infame pecho mío? Pero no hagas tal; que no
será razón que yo lleve la pena de la ajena culpa. Primero quiero
saber qué es lo que vieron en mí los atrevidos y deshonestos ojos
de Lotario que fuese causa de darle atrevimiento a descubrirme
un tan mal deseo como es el que me ha descubierto, en desprecio

---

[1] **inremediable**: = **irremediable**.
[2] **notomía**: = **anatomía**. An examination.

de su amigo y en deshonra mía. Ponte, Leonela, a esa ventana, y llámale; que, sin duda alguna, se debe de estar en la calle, esperando poner en efeto su mala intención. Pero primero se pondrá la cruel cuanto honrada mía.

—¡Ay, señora mía! —respondió la sagaz y advertida Leonela.

—Y ¿qué es lo que quieres hacer con esta daga? ¿Quieres por ventura quitarte la vida o quitársela a Lotario? Que cualquiera destas cosas que quieras ha de redundar en pérdida de tu crédito y fama. Mejor es que disimules tu agravio, y no des lugar a que este mal hombre entre ahora en esta casa y nos halle solas. Mira, señora, que somos flacas mujeres, y él es hombre, y determinado; y como viene con aquel mal propósito, ciego y apasionado, quizá antes que tú pongas en ejecución el tuyo, hará él lo que te estaría más mal que quitarte la vida. ¡Mal haya mi señor Anselmo, que tanto mal ha querido dar a este desuellacaras en su casa! Y ya, señora, que le mates, como yo pienso que quieres hacer, ¿qué hemos de hacer dél después de muerto?

—¿Qué, amiga? —respondió Camila. —Dejarémosle para que Anselmo le entierre, pues será justo que tenga por descanso el trabajo que tomare en poner debajo de la tierra su misma infamia. Llámale, acaba; que todo el tiempo que tardo en tomar la debida venganza de mi agravio parece que ofendo a la lealtad que a mi esposo debo.

Todo esto escuchaba Anselmo, y a cada palabra que Camila decía se le mudaban los pensamientos; mas cuando entendió que estaba resuelta a matar a Lotario, quiso salir y descubrirse, porque tal cosa no se hiciese; pero detúvole el deseo de ver en qué paraba tanta gallardía y honesta resolución, con propósito de salir a tiempo que la estorbase.

Tomóle en esto a Camila fuerte desmayo y, arrojándose encima de una cama que allí estaba, comenzó Leonela a llorar muy amargamente y a decir:

—¡Ay, desdichada de mí si fuese tan sin ventura, que se me muriese aquí entre mis brazos la flor de la honestidad del mundo, la corona de las buenas mujeres, el ejemplo de la castidad...!

Con otras cosas a estas semejantes, que ninguno la escuchara que no la tuviera por la más lastimada y leal doncella del mundo, y a su señora por otra nueva y perseguida Penélope.[1] Poco tardó en volver de su desmayo Camila, y, al volver en sí, dijo:

—¿Por qué no vas, Leonela, a llamar al más leal amigo de amigo que vio el sol, o cubrió la noche? Acaba, corre, aguija, camina, no se esfogue[2] con la tardanza el fuego de la cólera que tengo, y se pase en amenazas y maldiciones la justa venganza que espero.

—Ya voy a llamarle, señora mía—dijo Leonela; —mas hasme de dar primero esa daga, por no hagas cosa, en tanto que falto, que dejes con ella que llorar toda la vida a todos los que bien te quieren.

—Ve segura, Leonela amiga, que no haré—respondió Camila; —porque ya que sea atrevida y simple a tu parecer en volver por mi honra, no lo he de ser tanto como aquella Lucrecia[3] de quien dicen que se mató sin haber cometido error alguno, y sin haber muerto primero a quien tuvo la causa de su desgracia. Yo moriré, si muero; pero ha de ser vengada y satisfecha del que me ha dado ocasión de venir a este lugar a llorar sus atrevimientos, nacidos tan sin culpa mía.

Mucho se hizo de rogar Leonela antes que saliese a llamar a Lotario; pero, en fin, salió y entre tanto que volvía, quedó Camila diciendo, como que hablaba consigo misma:

—¡Válame Dios! ¿No fuera más acertado haber despedido a Lotario, como otras muchas veces lo he hecho, que no ponerle en condición, como ya le he puesto, que me tenga por deshonesta y mala, siquiera este tiempo que he de tardar en desengañarle? Mejor fuera, sin duda; pero no quedara yo vengada, ni la honra de mi marido satisfecha, si tan a manos lavadas[4] y tan a paso llano se volviera a salir de donde sus malos pensamientos le entraron. Pague el traidor con la vida lo que intentó con tan lascivo deseo: sepa el mundo, si acaso llegare a saberlo, de que Camila no sólo guardó lealtad a su esposo, sino que le dió venganza del que se atrevió a ofendelle. Mas, con todo, creo que fuera mejor dar

---

[1] Penelope was the wife of Ulysses and a model of conjugal fidelity.

[2] **no se esfogue**: = **no se desahogue**: let it not be spent or put out.

[3] A Roman matron also famed for her virtue.

[4] **a manos lavadas**: scot-free.

cuenta desto a Anselmo; pero ya se la apunté a dar[1] en la carta
que le escribí al aldea, y creo que el no acudir él remedio del
daño que allí le señalé, debió de ser que, de puro bueno y confiado,
no quiso ni pudo creer que en el pecho de su tan firme amigo
pudiese caber género de pensamiento que contra su honra fuese;
ni aun yo lo creí después, por muchos días, ni lo creyera jamás,
si su insolencia no llegara a tanto, que las manifiestas dádivas y
las largas promesas y las continuas lágrimas no me lo manifestaran.
Mas ¿para qué hago yo ahora estos discursos? ¿Tiene, por ventura,
una resulución gallarda necesidad de consejo alguno? No, por
cierto. ¡Afuera, pues, traidores; aquí, venganzas! ¡Entre el falso,
venga, llegue, muera y acabe, y suceda la que sucediere! Limpia
entré en poder del que el cielo me dió por mío; limpia he de salir
dél, y, cuando mucho, saldré bañada en mi casta sangre, y en la
impura del más falso amigo que vió la amistad en el mundo.

Y diciendo esto, se paseaba por la sala con la daga desenvainada,
dando tan desconcertados y desaforados pasos y haciendo tales
ademanes, que no parecía sino que le faltaba el juicio, y que no era
mujer delicada, sino un rufián desesperado.

Todo lo miraba Anselmo, cubierto detrás de unos tapices donde
se había escondido, y de todo se admiraba, y ya le parecía que lo
que había visto y oído era bastante satisfación para mayores
sospechas, y ya quisiera que la prueba de venir Lotario faltara,
temeroso de algún mal repentino suceso. Y estando ya para
manifestarse[2] y salir, para abrazar y desengañar a su esposa, se
detuvo porque vio que Leonela volvía con Lotario de la mano;
y así como Camila le vio, haciendo con la daga en el suelo una
gran raya delante della, le dijo:

—Lotario, advierte lo que te digo: si a dicha[3] te atrevieres a pasar
esta raya que ves, ni aun llegar a ella, en el punto que viere que lo
intentas, en ese mismo me pasaré el pecho con esta daga que en las
manos tengo. Y antes que a esto me respondas palabra, quiero que
otras algunas me escuches; que después responderás lo que más
te agradare. Lo primero quiero, Lotario, que me digas si conoces

[1] **apunté a dar**: informed.
[2] **manifestarse**: show himself.
[3] **a dicha**: by chance.

a Anselmo mi marido, y en qué opinión le tienes; y lo segundo, quiero saber también si me conoces a mí. Respóndeme a esto, y no te turbes, ni pienses mucho lo que has de responder, pues no son dificultades las que te pregunto.

No era tan ignorante Lotario, que desde el primer punto que Camila le dijo que hiciese esconder a Anselmo, no hubiese dado en la cuenta de lo que ella pensaba hacer; y así, correspondió con su intención[1] tan discretamente y tan a tiempo, que hicieran los dos pasar aquella mentira por más que cierta verdad; y así respondió a Camila desta manera:

—No pensé yo, hermosa Camila, que me llambas para preguntarme cosas tan fuera de la intención con que yo aquí vengo. Si lo haces por dilatarme la prometida merced, desde más lejos pudieras entretenerla, porque tanto más fatiga el bien deseado cuanto la esperanza está más cerca de poseello; pero porque no digas que no respondo a tus preguntas, digo que conozco a tu esposo Anselmo, y nos conocemos los dos desde nuestros más tiernos años; y no quiero decir lo que tú tan bien sabes de nuestra amistad, por no me hacer[2] testigo del agravio que el amor hace que le haga, poderosa disculpa de mayores yerros. A ti te conozco y tengo en la misma posesión[3] que él te tiene; que, a no ser así, por menos prendas que las tuyas no había yo de ir contra lo que debo a ser quien soy y contra las santas leyes de la verdadera amistad, ahora por tan poderoso enemigo como el amor por mí rompidas y violadas.

—Si eso confiesas —respondió Camila, —enemigo mortal de todo aquello que justamente merece ser amado, ¿con qué rostro osas parecer ante quien sabes que es el espejo donde se mira aquel en quien tú le debieras mirar, para que vieras con cuán poca ocasión le agravias? Pero ya cayo[4] ¡ay, desdichada de mí! en la cuenta de quién te ha hecho tener tan poca con lo que a ti mismo debes, que debe de haber sido alguna desenvoltura mía, que no quiero llamarla deshonestidad, pues no habrá procedido de deliberada

[1] **intención**: hidden purpose.
[2] **por no me hacer**: older order of words. Cf. mod. Portuguese practice.
[3] **posesión**: opinion, reputation.
[4] **cayo**: = **caigo**.

determinación, síno de algún descuido de los que las mujeres que piensan que no tienen de quien recatarse suelen hacer inadvertidamente. Si no, dime: ¿cuándo ¡ oh traidor! respondí a tus ruegos con alguna palabra o señal que pudiese despertar en ti alguna sombra de esperanza de cumplir tus infames deseos? ¿Cuándo tus amorosas palabras no fueron deshechas y reprehendidas de las mías con rigor y con aspereza? ¿Cuándo tus muchas promesas y mayores dádivas fueron de mí creídas ni admitidas? Pero, por parecerme que alguno no puede perseverar en el intento amoroso luengo tiempo, si no es sustentado de alguna esperanza, quiero atribuirme a mí la culpa de tu impertinencia, pues, sin duda, algún descuido mío ha sustentado tanto tiempo tu cuidado;[1] y así quiero castigarme y darme la pena que tu culpa merece. Y por que vieses que siendo conmigo tan inhumana, no era posible dejar de serlo contigo, quise traerte a ser testigo del sacrificio que pienso hacer a la ofendida honra de mi tan honrado marido, agraviado de ti con el mayor cuidado que te ha sido posible, y de mí también con el poco recato que he tenido del huir la ocasión, si alguna te di, para favorecer y canonizar[2] tus malas intenciones. Torno a decir que la sospecha que tengo que algún descuido mío engendró en ti tan desvariados pensamientos es la que más me fatiga, y la que yo más deseo castigar con mis propias manos, porque, castigándome otro verdugo, quizá sería más pública mi culpa; pero antes que esto haga, quiero matar muriendo, y llevar conmigo quien me acabe de satisfacer el deseo de la venganza que espero y tengo, viendo allá, dondequiera que fuere, la pena[3] que da la justicia desinteresada y que no se dobla al que en términos tan desesperados me ha puesto.

Y diciendo estas razones, con una increíble fuerza y ligereza arremetió a Lotario con la daga desenvainada, con tales muestras de querer enclavársela en el pecho, que casi él estuvo en duda si aquellas demostraciones eran falsas o verdaderas, porque le fué forzoso valerse de su industria y de su fuerza para estorbar que Camila no le diese[4]. La cual tan vivamente fingía aquel estraño

---

[1] **cuidado**: affection, infatuation.
[2] **canonizar**: approve.
[3] **pena**: eternal punishment.
[4] **diese**: strike.

embuste y fealdad, que, por dalle color de verdad, la quiso matizar con su misma sangre; porque, viendo que no podía haber[1] a Lotario, o fingiendo que no podía, dijo:

—Pues la suerte no quiere satisfacer del todo mi tan justo deseo, a lo menos, no será tan poderosa que, en parte, me quite que no le satisfaga.

Y haciendo fuerza para soltar la mano de la daga, que Lotario la tenía asida, la sacó, y guiando su punta por parte que pudiese herir no profundamente, se la entró y escondió por más arriba de la islilla[2] del lado izquierdo, junto al hombro, y luego se dejó caer en el suelo, como desmayada.

Estaban Leonela y Lotario suspensos y atónitos de tal suceso, y todavía dudaban de la verdad de aquel hecho, viendo a Camila tendida en tierra y bañada en su sangre. Acudió Lotario con mucha presteza, despavorido y sin aliento, a sacar la daga, y en ver la pequeña herida, salió del temor que hasta entonces tenía, y de nuevo se admiró de la sagacidad, prudencia y mucha discreción de la hermosa Camila; y, por acudir con lo que a él le tocaba, comenzó a hacer una larga y triste lamentación sobre el cuerpo de Camila, como si estuviera difunta, echándose muchas maldiciones, no sólo a él, sino al que había sido causa de habelle puesto en aquel término. Y como sabía que le escuchaba su amigo Anselmo, decía cosas que el que le oyera le tuviera mucha más lástima que a Camila, aunque por muerta la juzgara.

Leonela la tomó en brazos y la puso en el lecho, suplicando a Lotario fuese a buscar quien secretamente a Camila curase; pedíale asimismo consejo y parecer de lo que dirían a Anselmo de aquella herida de su señora, si acaso viniese antes que estuviese sana. Él respondió que dijesen lo que quisiesen; que él no estaba para dar consejo que de provecho fuese; sólo le dijo que procurase tomarle la sangre,[3] porque él se iba adonde gentes no le viesen. Y con muestras de mucho dolor y sentimiento, se salió de casa; y cuando se vió solo y en parte donde nadie le veía, no cesaba de hacerse cruces, maravillándose de la industria de Camila y de los

---

[1] **haber**: reach.
[2] **islilla**: collar bone, flank or armpit.
[3] **tomarle la sangre**: to treat the wound.

ademanes tan proprios de Leonela. Consideraba cuán enterado había de quedar Anselmo de que tenía por mujer a una segunda Porcia,[1] y deseaba verse con él para celebrar los dos la mentira y la verdad más disimulada que jamás pudiera imaginarse.

Leonela tomó, como se ha dicho, la sangre a su señora, que no era más de aquello que bastó para acreditar su embuste, y lavando con un poco de vino la herida, se la ató lo mejor que supo, diciendo tales razones en tanto que la curaba, que aunque no hubieran precedido otras, bastaran a hacer creer a Anselmo que tenía en Camila un simulacro[2] de la honestidad.

Juntáronse a las palabras de Leonela otras de Camila, llamándose cobarde y de poco ánimo, pues le había faltado al tiempo que fuera más necesario tenerle, para quitarse la vida, que tan aborrecida tenía. Pedía consejo a su doncella si daría,[3] o no, todo aquel suceso a su querido esposo; la cual le dijo que no se lo dijese, porque la pondría en obligación de vengarse de Lotario, lo cual no podría ser sin mucho riesgo suyo, y que la buena mujer estaba obligada a no dar ocasión a su marido a que riñese, sino a quitalle todas aquellas que le fuese posible.

Respondió Camila que la parecía muy bien su parecer, y que ella le seguiría; pero que en todo caso convenía buscar qué decir a Anselmo de la causa de aquella herida, que él no podría dejar de ver; a lo que Leonela respondía que ella, ni aun burlando, no sabía mentir.

—Pues yo, hermana —replicó Camila, —¿qué tengo de saber, que no me atreveré a forjar ni sustentar una mentira, si me fuese en ello la vida? Y si es que no hemos de saber dar salida a esto, mejor será decirle la verdad desnuda, que no que nos alcance en mentirosa cuenta.

—No tengas pena, señora; de aquí a mañana —respondió Leonela —yo pensaré qué le digamos, y quizá que por ser la herida donde es, la podrás encubrir sin que él la vea, y el cielo será servido de favorecer a nuestros tan justos y tan honrados pensa-

---

[1] Portia was the wife of Marcus Brutus and a woman of great courage who wounded herself.

[2] **simulacro**: model.

[3] **daría**: = **diría**.

mientos. Sosiégate, señora mía, y procura sosegar tu alteración, porque mi señor no te halle sobresaltada, y lo demás déjalo a mi cargo, y al de Dios, que siempre acude a los buenos deseos.

Atentísimo había estado Anselmo a escuchar y a ver representar la tragedia de la muerte de su honra; la cual con tan estraños y eficaces afectos la representaron los presonajes della, que pareció que se habían transformado en la misma verdad de lo que fingían. Deseaba mucho la noche, y el tener lugar para salir de su casa, y ir a verse con su buen amigo Lotario, congratulándose con él de la margarita[1] preciosa que había hallado en el desengaño[2] de la bondad de su esposa. Tuvieron cuidado las dos de darle lugar y comodidad a que saliese, y él, sin perdella, salió, y luego fue a buscar a Lotario; el cual hallado, no se puede buenamente contar los abrazos que le dio, las cosas que de su contento le dijo, las alabanzas que dio a Camila. Todo lo cual escuchó Lotario sin poder dar muestras de alguna alegría, porque se le representaba a la memoria cuán engañado estaba su amigo, y cuán injustamente él le agraviaba. Y aunque Anselmo veía que Lotario no se alegraba, creía ser la causa por haber dejado a Camila herida y haber él sido la causa; y así, entre otras razones, le dijo que no tuviese pena del suceso de Camila, porque, sin duda, la herida era ligera, pues quedaban de concierto de encubrírsela a él; y que, según esto, no había de qué temer, sino que de allí adelante se gozase y alegrase con él, pues por su industria y medio él se veía levantado a la más alta felicidad que acertara a desearse, y quería que no fuesen otros sus entretenimientos que en hacer versos en alabanza de Camila, que la hiciesen eterna en la memoria de los siglos venideros. Lotario alabó su buena determinación y dijo que él, por su parte, ayudaría a levantar tan ilustre edificio.

Con esto quedó Anselmo el hombre más sabroamente engañado que pudo haber en el mundo: él mismo llevó por la mano a su casa, creyendo que llevaba el instrumento de su gloria, toda la perdición de su fama. Recebíale Camila con rostro, al parecer, torcido, aunque con alma risueña. Duró este engaño algunos días, hasta que al cabo de pocos meses volvió Fortuna su rueda, y salió

---

[1] **margarita**: pearl.
[2] **desengaño**: clarification.

a plaza la maldad con tanto artificio hasta allí cubierta, y a Anselmo le costó la vida su impertinente curiosidad.

Sucedió, pues, que, por la satisfacción que Anselmo tenía de la bondad de Camila, vivía una vida contenta y descuidada, y Camila, de industria, hacía mal rostro a Lotario, porque Anselmo entendiese al revés de la voluntad que le tenía; y para más confirmación de su hecho, pidió licencia Lotario para no venir a su casa, pues claramente se mostraba la pesadumbre que con su vista Camila recebía; mas el engañado Anselmo le dijo que en ninguna manera tal hiciese; y desta manera, por mil maneras era Anselmo el fabricador de su deshonra, creyendo que lo era de su gusto.

En esto, el que tenía Leonela de verse cualificada y notada con sus amores, llegó a tanto, que, sin mirar a otra cosa, se iba tras él a suelta rienda, fiada en que su señora la encubría, y aun la advertía del modo que con poco recelo pudiese ponerle en ejecución. En fin, una noche sintió Anselmo pasos en el aposento de Leonela, y queriendo entrar a ver quién los daba, sintió que le detenían la puerta, cosa que le puso más voluntad de abrirla; y tanta fuerza hizo, que la abrió, y entró dentro a tiempo que vio que un hombre saltaba por la ventana a la calle; y acudiendo con presteza a alcanzarle o conocerle, no pudo conseguir lo uno ni lo otro, porque Leonela se abrazó con él, diciéndole:

—Sosiégate, señor mío, y no te alborotes, ni sigas al que de aquí saltó; es cosa mía, y tanto, que es mi esposo.

No lo quiso creer Anselmo; antes, ciego de enojo, sacó la daga y quiso herir a Leonela, diciéndole que le dijese la verdad; si no, que la mataría. Ella, con el miedo, sin saber lo que se decía, le dijo:

—No me mates, señor, que yo te diré cosas de más importancia de las que puedes imaginar.

—Dilas luego —dijo Anselmo; —si no muerta eres.

—Por ahora será imposible —dijo Leonela, —según estoy de turbada; déjame hasta mañana, que entonces sabrás de mí lo que te ha de admirar; y está seguro que el que saltó por esta ventana es un mancebo desta ciudad, que me ha dado la mano[1] de ser mi esposo.

Sosegóse con esto Anselmo y quiso aguardar el término que se

[1] **ha dado la mano**: has promised.

le pedía, porque no pensaba oir cosa que contra Camila fuese, por
estar de su bondad tan satisfecho y seguro; y así, se salió del
aposento y dejó encerrada en él a Leonela, diciéndole que de allí
no saldría hasta que le dijese lo que tenía que decirle.

Fue luego a ver a Camila y a decirle, como le dijo, todo aquello
que con su doncella le había pasado, y la palabra que le había dado
de decirle grandes cosas y de importancia. Si se turbó Camila o
no, no hay para qué decirlo, porque fue tanto el temor que cobró
creyendo verdaderamente, y era de creer, que Leonela había de
decir a Anselmo todo lo que sabía de su poca fe, que no tuvo
ánimo para esperar si su sospecha salía falsa o no, y aquella mesma
noche, cuando le pareció que Anselmo dormía, juntó las mejores
joyas que tenía y algunos dineros,[1] y, sin ser de nadie sentida, salió
de casa y se fue a la de Lotario, a quien contó lo que pasaba, y le
pidió que la pusiese en cobro[2] o que se ausentasen los dos donde
de Anselmo pudiesen estar seguros. La confusión en que Camila
puso a Lotario fue tal, que no le sabía responder palabra, ni menos
sabía resolverse en lo que haría.

En fin, acordó de llevar a Camila a un monesterio,[3] en quien era
priora una su hermana. Consintió Camila en ello, y con la presteza
que el caso pedía la llevó Lotario y la dejó en el monesterio, y él
ansimesmo se ausentó luego de la ciudad, sin dar parte a nadie de
su ausencia.

Cuando amaneció, sin echar de ver Anselmo que Camila faltaba
de su lado, con el deseo que tenía de saber lo que Leonela quería
decirle, se levantó y fue adonde la había dejado encerrada. Abrió
y entró en el aposento, pero no halló en él a Leonela; sólo halló
puestas unas sábanas añudadas a la ventana, indicio y señal que
por allí se había descolgado e ido. Volvió luego muy triste a
decírselo a Camila y, no hallándola en la cama ni en toda la casa,
quedó asombrado. Preguntó a los criados de casa por ella; pero
nadie le supo dar razón de lo que pedía.

Acertó[4] acaso, andando a buscar a Camila, que vio sus cofres

---

[1] **dineros**: coins.
[2] **la pusiese en cobro**: put her in a safe place.
[3] **monesterio**: monasterio. It here refers to a nunnery.
[4] **Acertó**: = acaeció.

abiertos y que dellos faltaban las más de sus joyas, y con esto acabó de caer en la cuenta de su desgracia, y en que no era Leonela la causa de su desventura. Y ansí como estaba, sin acabarse de vestir, triste y pensativo, fue a dar cuenta de su desdicha a su amigo Lotario. Mas cuando no le halló, y sus criados le dijeron que aquella noche había faltado de casa, y había llevado consigo todos los dineros que tenía, pensó perder el juicio. Y para acabar de concluir con todo, volviéndose a su casa no halló en ella ninguno de cuantos criados ni criadas tenía, sino la casa desierta y sola.

No sabía qué pensar, qué decir, ni qué hacer, y poco a poco se le iba volviendo el juicio.[1] Contemplábase y mirábase en un instante sin mujer, sin amigo y sin criados, desamparado, a su parecer, del cielo que le cubría, y sobre todo sin honra, porque en la falta de Camila vió su perdición.

Resolvióse, en fin, a cabo de una gran pieza, de irse a la aldea de su amigo, donde había estado cuando dio lugar a que se maquinase toda aquella desventura. Cerró las puertas de su casa, subió a caballo, y con desmayado aliento se puso en camino; y apenas hubo andado la mitad, cuando, acosado de sus pensamientos, le fue forzoso apearse y arrendar su caballo, a un árbol, a cuyo tronco se dejó caer, dando tiernos y dolorosos suspiros, y allí se estuvo hasta casi que anochecía; y a aquella hora vio que venía un hombre a caballo de la ciudad, y, después de haberle saludado, le preguntó qué nuevas había en Florencia. El ciudadano respondió:

—Las más estrañas que muchos días ha se han oído en ella; porque se dice públicamente que Lotario, aquel grande amigo de Anselmo el rico, que vivía a[2] San Juan, se llevó esta noche a Camila, mujer de Anselmo, el cual tampoco parece. Todo esto ha dicho una criada de Camila, que anoche la halló el gobernador descolgándose con una sábana por las ventanas de la casa de Anselmo. En efeto, no sé puntualmente cómo pasó el negocio; sólo sé que toda la ciudad está admirada deste suceso, porque no se podía esperar tal hecho de la mucha y familiar amistad de los dos, que dicen que era tanta, que los llamaban *los dos amigos*.

---

[1] **volviendo el juicio**: losing his reason.
[2] **a**: near to.

—¿Sábese, por ventura —dijo Anselmo, —el camino que llevan Lotario y Camila?

—Ni por pienso —dijo el ciudadano, —puesto que el gobernador ha usado de mucha diligencia en buscarlos.

—A Dios vais,[1] señor —dijo Anselmo.

—Con Él quedéis —respondió el ciudadano, y fuése.

Con tan desdichadas nuevas, casi casi[2] llegó a términos Anselmo, no sólo de perder el juicio, sino de acabar la vida. Levantóse como pudo, y llegó a casa de su amigo, que aun no sabía su desgracia; mas como le vio llegar amarillo, consumido y seco, entendió que de algún grave mal venía fatigado. Pidió luego Anselmo que le acostasen, y que le diesen aderezo de escribir.[3] Hízose así, y dejáronle acostado y solo, porque él así lo quiso, y aun que le cerrasen la puerta. Viéndose, pues, solo, comenzó a cargar tanto la imaginación de su desventura, que claramente conoció que se le iba acabando la vida; y así, ordenó de dejar noticia de la causa de su estraña muerte; y comenzando a escribir, antes que acabase de poner todo lo que quería, le faltó el aliento y dejó la vida en las manos del dolor que le causó su curiosidad impertinente.

Viendo el señor de casa que era ya tarde y que Anselmo no llamaba, acordó de entrar y saber si pasaba adelante su indisposición, y hallóle tendido boca abajo, la mitad del cuerpo en la cama y la otra mitad sobre el bufete, sobre el cual estaba, con el papal escrito y abierto, y él tenía aún la pluma en la mano. Llegóse el huésped a él, habiéndole llamado primero; y, trabándole por la mano, viendo que no le respondía, y hallándole frío, vio que estaba muerto. Admiróse y congojóse, en gran manera, y llamó a la gente de casa para que viesen la desgracia a Anselmo sucedida, y, finalmente, leyó el papel, que conoció que de su mesma mano estaba escrito, el cual contenía estas razones:

Un necio e impertinente deseo me quitó la vida. Si las nuevas de mi muerte llegaren a los oídos de Camila, sepa que yo la perdono, porque no estaba ella obligada a hacer milagros, ni yo tenía necesidad de querer que ella los hiciese; y pues yo fui el fabricador de mi deshonra, no hay para qué...

---

[1] **vais**: = **vayáis**.

[2] **casi casi**: = **por muy poco**.

[3] **aderezo de escribir**: writing set.

Hasta aquí escribió Anselmo, por donde se echó de ver que en aquel punto, sin poder acabar la razón, se le acabó la vida. Otro día dio aviso su amigo a los parientes de Anselmo de su muerte, los cuales ya sabían su desgracia, y el monesterio donde Camila estaba, casi en el término de acompañar a su esposo en aquel forzoso viaje, no por las nuevas del muerto esposo, mas por las que supo del ausente amigo. Dícese que aunque se vio viuda, no quiso salir del monesterio, ni, menos, hacer profesión de monja, hasta que, no de allí a muchos días, le vinieron nuevas que Lotario había muerto en una batalla que en aquel tiempo dio monsiur de Lautrec al Gran Capitán Gonzalo Fernández de Córdoba[1] en el reino de Nápoles, donde había ido a parar el tarde arrepentido amigo; lo cual sabido por Camila, hizo profesión, y acabó en breves días la vida, a las rigurosas manos de tristezas y melancolías. Éste fue el fin que tuvieron todos, nacido de un tan desatinado principio.

[1] **batalla**; **monsiur de Lautrec**; **Gran Capitán**: reference most probably to the famous battle of Cerignola, in S. Italy, at which the Great Captain (1453–1515), in 1503, defeated the French. Odet de Foix, Marquis de Lautrec (1485–1528), and later Marshal of France, would then have been a youthful soldier.

EL CELOSO EXTREMEÑO

No HA muchos años que de un lugar de Extremadura salió un hidalgo, nacido de padres nobles, el cual, como un otro[1] Pródigo, por diversas partes de España, Italia y Flandes anduvo gastando así los años como la hacienda; y al fin de muchas peregrinaciones (muertos ya sus padres y gastado su patrimonio), vino a parar a la gran ciudad de Sevilla, donde halló ocasión muy bastante para acabar de consumir lo poco que le quedaba. Viéndose, pues, tan falto de dineros, y aun no con muchos amigos, se acogió al remedio a que otros muchos perdidos en aquella ciudad se acogen, que es el pasarse a las Indias, refugio y amparo de los deseperados de España, iglesia de los alzados,[2] salvoconducto de los homicidas, pala[3] y cubierta de los jugadores a quien llaman *ciertos*[4] los peritos en el arte, añagaza general de mujeres libres, engaño común de muchos y remedio particular de pocos. En fin, llegado el tiempo en que una flota se partía para Tierrafirme,[5] acomodándose con el almirante della, aderezó su matalotaje[6] y su mortaja de esparto, y embarcándose en Cádiz, echando la bendición a España, zarpó la flota, y con general alegría dieron las velas al viento, que blando y próspero[7] soplaba, el cual en pocas horas les encubrió la tierra y les descubrió las anchas y espaciosas llanuras del gran padre de las aguas, el mar Océano.[8]

Iba nuestro pasajero pensativo, revolviendo en su memoria los

[1] **un otro**: Italianism.

[2] **iglesia de los alzados**: refuge of the reprieved (i.e. like that of those seeking asylum in church).

[3] **pala**: protection.

[4] **ciertos**: cardsharpers.

[5] **Tierrafirme**: mainland America.

[6] **matalotaje**: rations.

[7] **próspero**: favourable.

[8] **mar Océano**: original name for Atlantic.

muchos y diversos peligros que en los años de su peregrinación
había pasado, y el mal gobierno que en todo el discurso de su
vida había tenido; y sacaba de la cuenta que a sí mismo se iba
tomando una firme resolución de mudar manera de vida, y de
tener otro estilo en guardar la hacienda que Dios fuese servido de
darle, y de proceder con más recato que hasta allí con las mujeres.
La flota estaba como en calma cuando pasaba consigo esta tormenta
Felipo[1] de Carrizales, que éste es el nombre del que ha dado materia
a nuestra novela. Tornó a soplar el viento, impeliendo con tanta
fuerza los navíos, que no dejó a nadie en sus asientos; y así, le fue
forzoso a Carrizales dejar sus imaginaciones, y dejarse llevar de
solos los cuidados que el viaje le ofrecía; el cual viaje fue tan próspero, que sin recebir algún revés ni contraste, llegaron al puerto de
Cartagena.[2] Y por concluir con todo lo que no hace a nuestro
propósito, digo que la edad que tenía Filipo cuando pasó a las
Indias sería de cuarenta y ocho años, y en veinte que en ellas
estuvo, ayudado de su industria y diligencia, alcanzó a tener más
de ciento y cincuenta mil pesos ensayados.[3]

Viéndose, pues, rico y próspero, tocado del natural deseo que
todos tienen de volver a su patria, pospuestos grandes intereses que
se le ofrecían, dejando el Pirú, donde había granjeado tanta hacienda, trayéndola toda en barras de oro y plata, y registrada, por
quitar inconvenientes, se volvió a España. Desembarcó en San-
lúcar; llegó a Sevilla, tan lleno de años como de riquezas; sacó sus
partidas sin zozobras; buscó sus amigos; hallólos todos muertos;
quiso partirse a su tierra, aunque ya había tenido nuevas que
ningún pariente le había dejado la muerte; y si cuando iba a Indias
pobre y menesteroso le iban combatiendo muchos pensamientos,
sin dejarle sosegar un punto en mitad de las ondas del mar, no
menos ahora en el sosiego de la tierra le combatían, aunque por
diferente causa; que si entonces no dormía por pobre, ahora no
podía sosegar de rico; que tan pesada carga es la riqueza al que no
está usado a tenerla, ni sabe usar della, como lo es la pobreza al
que continuo la tiene. Cuidados acarrea el oro, y cuidados la

---

[1] **Felipo**: cf. **Filipo** below. Italianisms/Latinisms.

[2] **Cartagena**: in mod. Colombia, once a famous colonial port and fortress.

[3] **ensayados**: tested for quality.

falta dél; pero los unos se remedian con alcanzar alguna mediana cantidad, y los otros se aumentan mientras más parte se alcanza.

Contemplaba Carrizales en sus barras, no por miserable, porque en algunos años que fue soldado aprendió a ser liberal, sino en lo que había de hacer dellas, a causa que tenerlas en ser[1] era cosa infrutuosa, y tenerlas en casa, cebo para los codiciosos y despertador para los ladrones. Habíase muerto en él la gana de volver al inquieto trato de las mercancías, y parecíale que conforme a los años que tenía, le sobraban dineros para pasar la vida, y quisiera pasarla en su tierra, y dar en ella su hacienda a tributo, pasando en ella los años de su vejez en quietud y sosiego, dando a Dios lo que podía, pues había dado al mundo más de lo que debía. Por otra parte, consideraba que la estrecheza[2] de su patria era mucha, y la gente muy probe, y que el irse a vivir a ella era ponerse por blanco de todas las importunidades que los pobres suelen dar al rico que tienen por vecino, y más cuando no hay otro en el lugar a quien acudir con sus miserias. Quisiera tener a quien dejar sus bienes después de sus días, y con este deseo tomaba el pulso a su fortaleza, y parecíale que aun podía llevar la carga del matrimonio; y en viniéndole este pensamiento, le sobresaltaba un tan gran miedo, que así se le desbarataba y deshacía como hace a la niebla el viento; porque de su natural condición era el más celoso hombre del mundo, aun sin estar casado, pues con sólo la imaginación de serlo, le comenzaban a ofender los celos, a fatigar las sospechas y a sobresaltar las imaginaciones, y esto, con tanta eficacia y vehemencia, que de todo en todo propuso de no casarse.

Y estando resuelto en esto, y no lo estando en lo que había de hacer de su vida, quiso su suerte que pasando un día por una calle, alzase los ojos y viese a una ventana puesta una doncella, al parecer, de edad de trece a catorce años, de tan agradable rostro y tan hermosa, que sin ser poderoso para defenderse el buen viejo Carrizales, rindió la flaqueza de sus muchos años a los pocos de Leonora, que así era el nombre de la hermosa doncella. Y luego,

---

[1] **tenerlas en ser**: keep them in bars.

[2] **estrecheza**: = **estrechez**.

sin más detenerse, comenzó a hacer un gran montón de discursos, y, hablando consigo mismo, decía:

—Esta muchacha es hermosa, y a lo que muestra la presencia desta casa, no debe de ser rica; ella es niña: sus pocos años pueden asegurar mis sospechas. Casarme he[1] con ella; encerraréla, y haréla a mis mañas, y con esto, no tendrá otra condición que aquella que yo le enseñare. Y no soy tan viejo, que pueda perder la esperanza de tener hijos que me hereden. De que tenga dote o no no hay para qué hacer caso, pues el Cielo me dio para todos, y los ricos no han de buscar en sus matrimonios hacienda, sino gusto; que el gusto alarga la vida, y los disgustos entre los casados la acortan. Alto, pues: echada está la suerte, y ésta es la que el Cielo quiere que yo tenga.

Y así hecho este soliloquio, no una vez, sino ciento, al cabo de algunos días habló con los padres de Leonora, y supo como, aunque pobres, eran nobles; y dándoles cuenta de su intención, y de la calidad de su persona y hacienda, les rogó le diesen por mujer a su hija. Ellos le pidieron tiempo para informarse de lo que decía, y que él también le tendría para enterarse ser verdad lo que de su nobleza le habían dicho. Despidiéronse, informáronse las partes, y hallaron ser ansí lo que entrambos dijeron; y finalmente, Leonora quedó por esposa de Carrizales, habiéndola dotado primero en veinte mil ducados: tal estaba de abrasado el pecho del celoso viejo. El cual apenas dio el sí de esposo, cuando de golpe le embistió un tropel de rabiosos celos, y comenzó sin causa alguna a temblar y a tener mayores cuidados que jamás había tenido. Y la primera muestra que dio de su condición celosa fue no querer que sastre alguno tomase la medida a su esposa de los muchos vestidos que pensaba hacerle; y así, anduvo mirando cuál otra mujer tendría, poco más a menos, el talle y cuerpo de Leonora, y halló una pobre a cuya medida hizo hacer una ropa, y probándosela a su esposa, halló que le venía bien, y por aquella medida hizo los demás vestidos, que fueron tantos y tan ricos, que los padres de la desposada se tuvieron por más que dichosos en haber acertado con tan buen yerno, para remedio suyo y de su hija. La niña estaba asombrada de ver tantas galas, a causa que las

---

[1] **Casarme he**: = me casaré. Older form. Cf. mod. Portuguese usage.

que ella en su vida se había puesto no pasaban de una saya de raja[1] y una ropilla de tafetán.

La segunda señal que dio Filipo fue no querer juntarse con su esposa hasta tenerla puesta casa aparte, la cual aderezó en esta forma: compró una en doce mil ducados, en un barrio principal de la ciudad, que tenía agua de pie[2] y jardín con muchos naranjos; cerró todas las ventanas que miraban a la calle, y dióles vista al cielo, y lo mismo hizo de todas las otras de casa. En el portal de la calle, que en Sevilla llaman *casapuerta*, hizo una caballeriza para una mula, y encima della un pajar y apartamiento donde estuviese el que había de curar[3] della, que fue un negro viejo y eunuco; levantó las paredes de las azuteas,[4] de tal manera, que el que entraba en la casa había de mirar al cielo por línea recta, sin que pudiesen ver otra cosa; hizo torno, que de la casapuerta respondía al patio. Compró un rico menaje para adornar la casa, de modo, que por tapicerías, estrados y doseles ricos mostraba ser de un gran señor; compró asimismo cuatro esclavas blancas, y herrólas en el rostro, y otras dos negras bozales. Concertóse con un despensero que le trujese y comprase de comer, con condición que no durmiese en casa, ni entrase en ella sino hasta el torno, por el cual había de dar lo que trujese. Hecho esto, dio parte de su hacienda a censo, situada en diversas y buenas partes, otra puso en el banco, y quedóse con alguna, para lo que se le ofreciese. Hizo asimismo llave maestra para toda la casa, y encerró en ella todo lo que suele comprarse en junto y en sus sazones, para la provisión de todo el año; y teniéndolo todo así aderezado y compuesto, se fue a casa de sus suegros y pidió a su mujer, que se la entregaron no con pocas lágrimas, porque les pareció que la llevaban a la sepultura.

La tierna Leonora aun no sabía lo que la había acontecido, y así, llorando con sus padres, les pidió su bendición, y despidiéndose dellos, rodeada de sus esclavas y criadas, asida de la mano de su marido, se vino a su casa, y en entrando en ella, les hizo Carrizales

---

¹ **raja**: thick, cheap cloth.
² **agua de pie**: running water.
³ **curar**: = **cuidar**.
⁴ **azuteas**: = **azoteas**.

un sermón a todas, encargándoles la guarda de Leonora, y que por ninguna vía ni en ningún modo dejasen entrar a nadie de la segunda puerta adentro, aunque fuese al negro eunoco. Y a quien más encargó la guarda y regalo de Leonora fue a una dueña de mucha prudencia y gravedad, que recibió como para aya de Leonora y para que fuese superintendente de todo lo que en la casa se hiciese, y para que mandase a las esclavas y a otras dos doncellas de la misma edad de Leonora, que para que se entretuviese con las de sus mismos años asimismo había recebido. Prometióles que las trataría y regalaría a todas de manera, que no sintiesen su encerramiento, y que los días de fiesta, todos, sin faltar ninguno, irían a oir misa; pero tan de mañana, que apenas tuviese la luz lugar de verlas. Prometiéronle las criadas y esclavas de hacer todo aquello que les mandaba, sin pesadumbre, con prompta[1] voluntad y buen ánimo; y la nueva esposa, encogiendo los hombros, bajó la cabeza, y dijo que ella no tenía otra voluntad que la de su esposo y señor, a quien estaba siempre obediente.

Hecha esta prevención y recogido el buen extremeño en su casa, comenzó a gozar como pudo los frutos del matrimonio, los cuales a Leonora, como no tenía experiencia de otros, ni eran gustosos ni desabridos; y así pasaba el tiempo con su dueña, doncellas y esclavas, y ellas, por pasarle mejor, dieron en ser golosas, y pocos días se pasaban sin hacer mil cosas a quien[2] la miel y el azúcar hacen sabrosas. Sobrábales para esto en grande abundancia lo que habían menester, y no menos sobraba en su amo la voluntad de dárselo, pareciéndole que con ello las tenía entretendias y ocupadas, sin tener lugar donde ponerse a pensar en su encerramiento. Leonora andaba a lo igual con sus criadas, y se entretenía en lo mismo que ellas, y aun dio con su simplicidad en hacer muñecas, y en otras niñerías, que mostraban la llaneza de su condición y la terneza de sus años; todo lo cual era de grandísima satisfación para el celoso marido, pareciéndole que había acertado a escoger la vida mejor que se la supo imaginar, y que por ninguna vía la industria ni la malicia humana podía perturbar su sosiego; y así, sólo se desvelaba en traer regalos a su esposa y en

---

[1] **prompta**: = **pronta**.
[2] **quien**: = **que**. Golden Age usage.

acordarle le pidiese todos cuantos le viniesen al pensamiento, que
de todos sería servida.

Los días que iba a misa, que, como está dicho, era entre dos luces,
venían sus padres, y en la iglesia hablaban a su hija, delante de su
marido, el cual les daba tantas dádivas, que aunque tenían lástima
a su hija por la estrecheza en que vivía, la templaban con las
muchas dádivas que Carrizales, su liberal yerno, les daba.

Levantábase de mañana y aguardaba a que el despensero viniese,
a quien de la noche antes, por una cédula que ponían en el torno,
le avisaban lo que había detraer otro día; y en viniendo el despensero, salía de casa Carrizales, las más veces a pie, dejando
cerradas las dos puertas, la de la calle y la de en medio, y entre las
dos quedaba el negro. Íbase a sus negocios, que eran pocos, y con
brevedad daba la vuelta, y encerrándose, se entretenía en regalar
a su esposa y acariciar a sus criadas, que todas le querían bien, por
ser de condición llana y agradable, y, sobre todo, por mostrarse
tan liberal con todas. Desta manera pasaron un año de noviciado,
y hicieron profesión en aquella vida, determinándose de llevarla
hasta el fin de las suyas; y así fuera, si el sagaz perturbador del
género humano no lo estorbara, como ahora oiréis.

Dígame ahora el que se tuviere por más discreto y recatado qué
más prevenciones para su seguridad podía haber hecho el anciano
Felipo, pues aun no consintió que dentro de su casa hubiese algún
animal que fuese varón. A los ratones della jamás los persiguió
gato, ni en ella se oyó ladrido de perro: todos eran del género
femenino. De día pensaba, de noche no dormía; él era la ronda
y centinela de su casa, y el Argos de lo que bien quería; jamás
entró homre de la puerta adentro del patio. Con sus amigos
negociaba en la calle. Las figuras de los paños que sus salas y
cuadras adornaban, todas eran hembras, flores y boscajes. Toda
su casa olía a honestidad, recogimiento y recato: aun hasta en las
consejas que en las largas noches de invierno, en la chimenea, sus
criadas contaban, por estar él presente, en ninguna ningún género
de lascivia se descubría. La plata de las canas del viejo a los ojos de
Leonora parecían cabellos de oro puro, porque el amor primero
que las doncellas tienen se les imprime en el alma como el sello en
la cera. Su demasiada guarda le parecía advertido recato; pensaba

y creía que lo que ella pasaba pasaban todas las recién casadas. No se desmandaban sus pensamientos a salir de las paredes de su casa, ni su voluntad deseaba otra cosa más de aquella que la de su marido quería; sólo los días que iba a misa veía las calles, y esto era tan de mañana, que, si no era al volver de la iglesia, no había luz para mirallas. No se vió monasterio tan cerrado, ni monjas más recogidas, ni manzanas de oro tan guardadas; y, con todo esto, no pudo en ninguna manera prevenir ni excusar de caer en lo que recelaba; a lo menos, en pensar que había caído.

Hay en Sevilla un género de gente ociosa y holgazana a quien comúnmente suelen llamar gente de barrio: estos son los hijos de vecino de cada colación,[1] y de los más ricos della; gente baldía, atildada y meliflua, de la cual y de su traje y manera de vivir, de su condición y de las leyes que guardan entre sí había mucho que decir; pero por buenos respectos se deja. Uno destos galanes, pues, que entre ellos es llamado *virote*, mozo soltero (que a los recién casados llaman *mantones*), asestó a mirar la casa del recatado Carrizales, y viéndola siempre cerrada, le tomó gana de saber quién vivía dentro; y con tanto ahinco y curiosidad hizo la diligencia, que de todo en todo vino a saber lo que deseaba. Supo la condición del viejo, la hermosura de su esposa y el modo que tenía en guardarla; todo lo cual le encendió el deseo de ver si sería posible expunar,[2] por fuerza o por industria, fortaleza tan guardada; y communicándolo con dos *virotes* y un *mantón* sus amigos, acordaron que se pusiese por obra; que nunca para tales obras faltan consejeros y ayudadores.

Dificultaban[3] el modo que se tendría para intentar tan dificultosa hazaña; y habiendo entrado en bureo[4] muchas veces, convinieron en esto: que fingiendo Loaysa, que así se llamaba el *virote*, que iba fuera de la ciudad por algunos días, se quitase de los ojos de sus amigos, como lo hizo; y, hecho esto, se puso unos calzones de lienzo limpio, y camisa limpia: pero encima se puso unos vestidos tan rotos y remendados, que ningún pobre en toda la ciudad los

---

[1] **colación**: parish or quarter of town.
[2] **expunar**: = **expugnar**.
[3] **Dificultaban**: they considered difficult.
[4] **habiendo entrado en bureo**: putting their heads together.

traía tan astrosos; quitóse un poco de barba que tenía, cubrióse un ojo con un parche, vendóse una pierna estrechamente, y arrimándose a dos muletas, se convirtió en un pobre tullido, tal, que el más verdadero estropeado no se le igualaba.

Con este talle se ponía cada noche a la oración a la puerta de la casa de Carrizales, que ya estaba cerrada, quedando el negro, que Luis se llamaba, cerrado entre las dos puertas. Puesto allí Loaysa, sacaba una guitarrilla algo grasienta y falta de algunas cuerdas, y como él era algo músico, comenzaba a tañer algunos sones alegres y regocijados, mudando la voz por no ser conocido. Con esto, se daba priesa a cantar romances de moros y moras, a la loquesca,[1] con tanta gracia, que cuantos pasaban por la calle se ponían a escucharle, y siempre, en tanto que cantaba, estaba rodeado de muchachos; y Luis el negro, poniendo los oídos por entre las puertas, estaba colgado de la música del *virote*, y diera un brazo por poder abrir la puerta y escucharle más a su placer: tal es la inclinación que los negros tienen a ser músicos. Y cuando Loaysa quería que los que le escuchaban le dejasen, dejaba de cantar y recogía su guitarra, y acogiéndose a sus muletas, se iba.

Cuatro o cinco veces había dado música al negro (que por solo él la daba), pareciéndole que por donde se había de comenzar a desmoronar aquel edificio había y debía ser por el negro; y no le salió vano su pensamiento, porque llegándose una noche, como solía, a la puerta, comenzó a templar su guitarra, y sintió que el negro estaba ya atento, y llegándose al quicio de la puerta, con voz baja, dijo:

—¿Será posible, Luis, darme un poco de agua, que perezco de sed y no puedo cantar?

—No —dijo el negro—, porque no tengo la llave desta puerta, ni hay agujero por donde pueda dárosla.

—Pues ¿quién tiene la llave? —preguntó Loaysa.

—Mi amo —respondió el negro—, que es el más celoso hombre del mundo. Y si él supiese que yo estoy ahora aquí hablando con nadie,[2] no sería[3] más mi vida. Pero ¿quién sois vos que me pedís el agua?

---

[1] **a la loquesca**: with 'mad' or very gay tone.

[2] **con nadie**: = con alguien.   [3] **sería**: = duraría.

—Yo —respondió Loaysa— soy un pobre estropeado de una pierna, que gano mi vida pidiendo por Dios a la buena gente; y, juntamente con esto, enseño a tañer a algunos morenos[1] y a otra gente pobre, y ya tengo tres negros, exclavos de tres veinticuatros, a quien he enseñado de modo, que pueden cantar y tañer en cualquier baile y en cualquier taberna, y me lo han pagado muy rebién.

—Harto mejor os lo pagara yo —dijo Luis— a tener lugar de tomar lición;[2] pero no es posible, a causa que mi amo, en saliendo por la mañana, cierra la puerta de la calle, y cuando vuelve, hace lo mismo, dejándome emparedado entre dos puertas.

—Por Dios, Luis —replicó Loaysa (que ya sabía el nombre del negro)—, que si vos diésedes traza a que yo entrase algunas noches a daros lición, en menos de quince días os sacaría tan diestro en la guitarra, que pudiésedes tañer sin vergüenza alguna en cualquiera esquina; porque os hago saber que tengo grandísima gracia en el enseñar, y más que he oído decir que vos tenéis muy buena habilidad, y a lo que siento y puedo juzgar por el órgano[3] de la voz, que es atiplada, debéis de cantar muy bien.

—No canto mal —respondió el negro—; pero ¿qué aprovecha, pues no sé tonada alguna si no es la de la estrella de Venus,[4] y la de

Por un verde prado,[5]

y aquella que ahora se usa, que dice:

A los hierros de una reja[6]
La turbada mano asida?

—Todas ésas son aire —dijo Loaysa— para las que yo os podría enseñar; porque sé todas las del moro Abindarráez, con las de su

---

[1] **morenos**: negroes.
[2] **lición**: = **lección**.
[3] **órgano**: sound.
[4] A famous Moorish ballad by Lope de Vega.
[5] An old lyric.
[6] Another Moorish ballad.

dama Jarifa,[1] y todas las que se cantan de la historia del gran sofí
Tomumbeyo,[2] con las de la zarabanda a lo divino, que son tales,
que hacen pasmar a los mismos portugueses; y esto enseño con
tales modos y con tanta facilidad, que aunque no os deis priesa a
aprender, apenas habréis comido tres o cuatro moyos[3] de sal,
cuando ya os veáis músico corriente y moliente en todo género de
guitarra.

—A esto, suspiró el negro y dijo:

—¿Qué aprovecha todo eso, si no sé cómo meteros en casa?

—Buen remedio —dijo Loaysa—: procurad vos tomar las
llaves a vuestro amo, y yo os daré un pedazo de cera, donde las
imprimiréis de manera, que queden señaladas las guardas en la
cera; que por la afición que os he tomado, yo haré que un cerra-
jero amigo mío haga las llaves, y así, podré entrar dentro de noche,
y enseñaros mejor que al preste Juan de las Indias;[4] porque veo ser
gran lástima que se pierda una tal voz como la vuestra, faltándole
el arrimo de la guitarra; que quiero que sepáis, hermano Luis,
que la mejor voz del mundo pierde de sus quilates cuando no se
acompaña con el instrumento, ora sea de guitarra, o clavicímbano,[5] de órganos, o de harpa; pero el que más a vuestra voz le
conviene es el instrumento de la guitarra, por ser el más mañero
y menos costoso de los instrumentos.

—Bien me parece eso —replicó el negro—; pero no puede ser,
pues, jamás entran las llaves en mi poder, ni mi amo las suelta
de la mano de día, y de noche duermen debajo de su almohada.

—Pues haced otra cosa, Luis —dijo Loaysa—, si es que tenéis

---

[1] **Abindarráez**; **Jarifa**: hero and heroine of well-known love story
included in Montemayor's pastoral novel, *La Diana* (first undated ed.
probably 1559).

[2] **Tomumbeyo**: probably Tuman Bey (d. 1517), last Mamluk Sultan of
Egypt, remembered for his bravery and misfortunes. It is not clear why
he is called a 'Sufi' (Moslem mystic). For this reference I am indebted to
Professor C. Beckingham (London).

[3] **moyo**: old measure for dry and liquid goods.

[4] **preste Juan de las Indias**: Prester John, legendary Christian emperor
of Ethiopia or Asiatic priest-king. Used here, as elsewhere by Cervantes, as
example of superlative reference.

[5] **clavicímbano**: clavichord.

gana de ser músico consumado; que si no la tenéis, no hay para qué cansarme en aconsejaros.

—Y ¿cómo si tengo gana? —replicó Luis—. Y tanta, que ninguna cosa dejaré de hacer, como sea posible salir con ella, a trueco de salir con ser músico.

—Pues ansí es —dijo el *virote*—, y os daré por entre estas puertas, haciendo vos lugar quitando alguna tierra del quicio, digo que os daré unas tenazas y un martillo, con que podáis de noche quitar los clavos de la cerradura de loba[1] con mucha facilidad, y con la misma volveremos a poner la chapa, de modo que no se eche de ver que ha sido desclavada; y estando yo dentro, encerrado con vos en vuestro pajar, o adonde dormís, me daré tal priesa a lo que tengo de hacer, que vos veáis aun más de lo que os he dicho, con aprovechamiento de mi persona y aumento de vuestra suficiencia. Y de lo que hubiéremos de comer no tengáis cuidado; que yo llevaré matalotaje para entrambos, y para más de ocho días; que discípulos tengo yo, y amigos que no me dejarán mal pasar.

—De la comida —replicó el negro— no habrá de que temer; que con la ración que me da mi amo, y con los relieves que me dan las esclavas, sobrará comida para otros dos. Venga ese martillo y tenazas que decís; que yo haré por junto a este quicio lugar por donde quepa, y le volveré a cubrir y tapar con barro; que puesto que dé algunos golpes en quitar la chapa, mi amo duerme tan lejos desta puerta, que será milagro, o gran desgracia nuestra, si los oye.

—Pues a la mano de Dios —dijo Loaysa—; que de aquí a dos días tendréis, Luis, todo lo necesario para poner en ejecución nuestro virtuoso propósito; y advertid en no comer cosas flemosas, porque no hacen ningún provecho, sino mucho daño a la voz.

—Ninguna cosa me enronquece tanto —respondió el negro— como el vino; pero no me lo quitaré yo por todas cuantas voces tiene el suelo.

—No digo tal —dijo Loaysa—, ni Dios tal permita: bebed, hijo Luis, bebed, y buen provecho os haga; que el vino que se bebe con medida jamás fue causa de daño alguno.

---

[1] **cerradura de loba**: spring lock that can be opened only with key.

—Con medida lo bebo —replicó el negro—: aquí tengo un jarro que cabe una azumbre justa y cabal; éste me llenan las esclavas, sin que mi amo lo sepa, y el despensero, a solapo, me trae una botilla, que también cabe justas dos azumbres, cón que se suplen las faltas del jarro.

—Digo —dijo Loaysa— que tal sea mi vida como eso me parece; porque la seca garganta ni gruñe ni canta.

—Andad con Dios —dijo el negro—; pero mirad que no dejéis de venir a cantar aquí las noches que tardáredes en traer lo que habéis de hacer para entrar acá dentro, que ya me comen[1] los dedos por verlos puestos en la guitarra.

—Y ¡cómo si vendré! —replicó Loaysa—. Y aun con tonadicas nuevas.

—Eso pido —dijo Luis—; y ahora no me dejéis de cantar algo, porque me vaya a acostar con gusto; y en lo de la paga, entienda el señor pobre que le he de pagar mejor que un rico.

—No reparo en eso —dijo Loaysa—; que según yo os enseñaré, así me pagaréis, y por ahora escuchad esta tonadilla; que cuando esté dentro, veréis milagros.

—Sea en buen hora -respondió el negro.

Y acabado este largo coloquio, cantó Loaysa un romancito agudo, con que dejó al negro tan contento y satisfecho, que ya no veía la hora de abrir la puerta.

Apenas se quitó Loaysa de la puerta, cuando con más ligereza que el traer de sus muletas prometía, se fue a dar cuenta a sus consejeros de su buen comienzo, adivino del buen fin que por él esperaba. Hallólos, y contó lo que con el negro dejaba concertado, y otro día hallaron los instrumentos, tales, que rompían cualquier clavo, como si fuera de palo.

No se descuidó el *virote* de volver a dar música al negro, ni menos tuvo descuido el negro en hacer el agujero por donde cupiese lo que su maestro le diese, cubriéndolo de manera, que a no ser mirado con malicia y sospechosamente, no se podía caer en el agujero.[2] La segunda noche le dio los instrumentos Loaysa, y

---

[1] **comen**: itch.

[2] **no se podía caer en el agujero**: one would not suspect there was a hole.

Luis probó sus fuerzas, y casi sin poner alguna, se halló rompidos[1]
los clavos, y con la chapa de la cerradura en las manos; abrió la
puerta, y recogió dentro a su Orfeo y maestro, y cuando le vio
con sus dos muletas, y tan andrajoso, y tan fajada su pierna,
quedó admirado. No llevaba Loaysa el parche en el ojo, por no
ser necesario, y así como entró, abrazó a su buen discípulo, y le
besó en el rostro, y luego le puso una gran bota de vino en las
manos, y una caja de conserva y otras cosas dulces, de que llevaba
unas alforjas bien proveídas. Y dejando las muletas, como si no
tuviera mal alguno, comenzó a hacer cabriolas, de lo cual se
admiró más el negro, a quien Loaysa dijo:

—Sabed, hermano Luis, que mi cojera y estropeamiento no nace
de enfermedad, sino de industria, con la cual gano de comer
pidiendo por amor de Dios, y ayudándome della y de mi música,
paso la mejor vida del mundo; en el cual todos aquellos que no
fueren industriosos y tracistas, morirán de hambre; y esto lo
veréis en el discurso de nuestra amistad.

—Ello dirá —respondió el negro—; pero demos orden de volver
esta chapa a su lugar, de modo, que no se eche de ver su mudanza.

—En buen hora —dijo Loaysa.

Y sacando clavos de sus alforjas, asentaron la cerradura de suerte,
que estaba tan bien como de antes, de lo cual quedó contentísimo
el negro; y subiéndose Loaysa al aposento que en el pajar tenía el
negro, se acomodó lo mejor que pudo. Encendió luego Luis un
torzal de cera y, sin más aguardar, sacó su guitarra Loaysa, y
tocándola baja y suavemente, suspendió al pobre negro de manera,
que estaba fuera de sí escuchándole. Habiendo tocado un poco,
sacó de nuevo colación y dióla, a su discípulo, y, aunque con dulce,
bebió con tan buen talante de la bota, que le dejó más fuera de
sentido que la música. Pasado esto, ordenó que luego tomase
lición Luis, y como el pobre negro tenía cuatro dedos[2] de vino
sobre los sesos, no acertaba traste; y, con todo eso, le hizo creer
Loaysa que ya sabía por lo menos dos tonadas; y era lo bueno que
el negro se lo creía, y en toda la noche no hizo otra cosa que
tañer con la guitarra destemplada y sin las cuerdas necesarias.

[1] **rompidos:** = **rotos.**
[2] **cuatro dedos:** quite a lot.

Durmieron lo poco que de la noche les quedaba, y a obra de las seis de la mañana, bajó Carrizales, y abrió la puerta de en medio, y también la de la calle, y estuvo esperando al despensero, el cual vino de allí a un poco, y dando por el torno la comida, se volvió a ir, y llamó al negro, que bajase a tomar cebada para la mula, y su ración; y en tomándola, se fue el viejo Carrizales, dejando cerradas ambas puertas sin echar de ver lo que en la de la calle se había hecho, de que no poco se alegraron maestro y discípulo.

Apenas salió el amo de casa, cuando el negro arrebató la guitarra, y comenzó a tocar de tal manera, que todas las criadas le oyeron, y por el torno le preguntaron:

—¿Qué es esto, Luis? ¿De cuándo acá tienes tú guitarra, o quién te la ha dado?

—¿Quién me la ha dado? —respondió Luis—. El mejor músico que hay en el mundo, y el que me ha de enseñar en menos de seis días más de seis mil sones.

—Y ¿dónde está ese músico? —preguntó le dueña.

—No está muy lejos de aquí —respondió el negro—; y si no fuera por vergüenza, y por el temor que tengo a mi señor, quizá os le enseñara luego, y a fe que os holgásedes de verle.

—Y ¿dadónde puede él estar, que nosotras le podamos ver —replicó la dueña—, si en esta casa jamás entró otro hombre que nuestro dueño?

—Ahora bien —dijo el negro—, no os quiero decir nada hasta que veáis lo que yo sé y él me ha enseñado en el breve tiempo que he dicho.

—Por cierto —dijo la dueña—, que si no es algún demonio el que te ha de enseñar, que yo no sé quién te pueda sacar músico con tanta brevedad,[1]

—Andad —dijo el negro—; que lo oiréis y lo veréis algún día.

—No puede ser eso —dijo otra doncella—, porque no tenemos ventanas a la calle para poder ver ni oir a nadie.

—Bien está —dijo el negro—; que para todo hay remedio, si no es para excusar la muerte; y más, si vosotras sabéis o queréis callar.

—Y ¡cómo que callaremos, hermano Luis! —dijo una de las

[1] **brevedad**: short time.

esclavas—. Callaremos más que si fuésemos mudas; porque te prometo, amigo, que me muero por oir una buena voz; que después que[1] aquí nos emparedaron, ni aun el canto de los pájaros habemos[2] oído.

Todas esta pláticas estaba escuchando Loaysa con grandísimo contento, pareciéndole que todas se encaminaban a la consecución de su gusto, y que la buena suerte había tomado la mano en guiarlas a la medida de su voluntad. Despidiéronse las criadas con prometerles el negro que cuando menos se pensasen las llamaría a oir una muy buena voz; y con temor que su amo volviese y le hallase hablando con ellas, las dejó y se recogió a su estancia y clausura. Quisiera tomar lición; pero no se atrevió a tocar de día, porque su amo no le oyese; el cual vino de allí a poco espacio, y cerrando las puertas según su costumbre, se encerró en casa. Y al dar aquel día de comer por el torno al negro, dijo Luis a una negra, que se lo daba, que aquella noche, después de dormido su amo, bajasen todas al torno a oir la voz que les había prometido, sin falta alguna. Verdad es que antes que dijese esto había pedido con muchos ruegos a su maestro fuese contento de cantar y tañer aquella noche al torno, porque él pudiese cumplir la palabra que había dado de hacer oir a las criadas una voz extremada, asegurándole que sería en extremo regalado de todas ellas. Algo se hizo de rogar el maestro de hacer lo que él más deseaba; pero, al fin, dijo que haría lo que su buen discípulo pedía, sólo por darle gusto, sin otro interés alguno. Abrazóle el negro, y dióle un beso en el carrillo, en señal del contento que le había causado la merced prometida, y aquel día dio de comer a Loaysa tan bien como si comiera en su casa, y aun quizá mejor, pues pudiera ser que en su casa le faltara.

Llegóse la noche, y en la mitad della, o poco menos, comenzaron a cecear en el torno, y luego entendió Luis que era la cáfila, que había llegado; y llamando a su maestro, bajaron del pajar, con la guitarra bien encordada y mejor templada. Preguntó Luis quién y cuántas eran las que escuchaban. Respondiéronle que todas, sino su señora, que quedaba durmiendo con su marido, de que le pesó a Loaysa; pero, con todo eso, quiso dar principio a su disignio y

---

[1] **después que**: = **desde que**.

[2] **habemos**: = **hemos**.

contentar a su discípulo, y tocando mansamente la guitarra, tales sones hizo, que dejó admirado al negro y suspenso el rebaño de las mujeres, que le escuchaba. Pues ¿qué diré de lo que ellas sintieron cuando le oyeron tocar el pésame dello[1], y acabar con el endemoniado son de la zarabanda, nuevo entonces en España? No quedó vieja por bailar, ni moza que no se hiciese pedazos, todo a la sorda y con silencio extraño, poniendo centinelas y espías que avisasen si el viejo despertaba. Cantó asimismo Loaysa coplillas de la seguida,[2] con que acabó de echar el sello al gusto de las escuchantes, que ahincadamente pidieron al negro les dijese quién era tan milagroso músico. El negro les dijo que era un pobre mendigante, el más galán y gentil hombre que había en toda la pobrería de Sevilla. Rogáronle que hiciese de suerte que ellas le viesen, y que no le dejase ir en quince días de casa; que ellas le regalarían muy bien y darían cuanto hubiese menester. Preguntáronle qué modo había tenido para meterle en casa. A esto no les respondió palabra; a lo demás dijo que para poderle ver hiciesen un agujero pequeño en el torno, que después lo taparían con cera; y que a lo de tenerle en casa, que él lo procuraría.

Hablólas también Loaysa, ofreciéndoseles a su servicio, con tan buenas razones, que ellas echaron de ver que no salían de ingenio de pobre mendigante. Rogáronle que otra noche viniese al mismo puesto; que ellas harían con su señora que bajse a escucharle, a pesar del ligero sueño de su señor, cuya ligereza no nacía de sus muchos años, sino de sus muchos celos. A lo cual dijo Laoysa que si ellas gustaban de oírle sin sobresalto del viejo, que él les daría unos polvos que le echasen en el vino, que le harían dormir con pesado sueño más tiempo del ordinario.

—¡Jesús, valme —dijo una de las doncellas—, y si eso fuese verdad, qué buena ventura se nos habría entrado por las puertas, sin sentillo y sin merecello! No serían ellos polvos de sueño para él, sino polvos de vida para todas nosotras y para la pobre de mi señora Leonora su mujer; que no la deja a sol ni a sombra, ni la pierde de vista un solo momento. ¡Ay, señor mío de mi alma,

---

[1] **el pésame dello**: first words of a dance, popular in the late sixteenth century.

[2] **seguida**: = **seguidilla**.

traiga esos polvos, así Dios le dé todo el bien que desea! Vaya, y
no tarde; tráigalos, señor mío; que yo me ofrezco a mezclarlos en
el vino y a ser la escanciadora; y pluguiese a Dios que durmiese el
viejo tres días con sus noches; que otros tantos tendríamos nosotras de gloria.

—Pues yo los traeré —dijo Loaysa—; y son tales, que no hacen
otro mal ni daño a quien los toma si no es provocarle a sueño
pesadísimo.

Todas le rogaron que los trujese con brevedad, y quedando de
hacer otra noche con una barrena el agujero en el torno, y de traer
a su señora para que le viese y oyese, se despidieron; y el negro,
aunque era casi el alba, quiso tomar lición, la cual le dio Loaysa, y
le hizo entender que no había mejor oído que el suyo en cuantos
discípulos tenía, ¡y no sabía el pobre negro, ni lo supo jamás,
hacer un cruzado!¹

Tenían los amigos de Loaysa cuidado de venir de noche a
escuchar por entre las puertas de la calle, y ver si su amigo les
decía algo, o si había menester alguna cosa; y haciendo una señal,
que dejaron concertada, conoció Loaysa que estaban a la puerta,
y por el agujero del quicio les dio breve cuenta del buen término
en que estaba su negocio, pidiéndoles encarecidamente buscasen
alguna cosa que provocase a sueño, para dárselo a Carrizales; que
él había oído decir que había unos polvos para este efeto. Dijéronle
que tenían un médico amigo que les daría el mejor remedio que
supiese, si es que le había; y animándole a proseguir la empresa y
prometiéndole de volver la noche siguiente con todo recaudo,
apriesa se despidieron.

Vino la noche, y la banda de las palomas acudió al reclamo de la
guitarra. Con ellas vino la simple Leonora, temerosa y temblando
de que no despertase su marido; que aunque ella, vencida deste
temor, no había querido venir, tantas cosas le dijeron sus criadas,
especialmente la dueña, de la suavidad de la música y de la gallarda
disposición del músico pobre (que, sin haberle visto, le alababa
y le subía sobre Absalón² y sobre Orfeo), que la pobre señora,

¹ **hacer un cruzado**: method of guitar-playing.
² Absalom, King David's son and a young man known for his handsome
appearance.

convencida y persuadida dellas, hubo de hacer lo que no tenía ni tuviera jamás en voluntad. Lo primero que hicieron fue barrenar el torno para ver al músico, el cual no estaba ya en hábitos de pobre, sino con unos calzones grandes de tafetán leonado, anchos, a la marineresca,[1] un jubón de lo mismo con trencillas de oro, y una montera de raso de la misma color, con cuello almidonado con grandes puntas y encaje; que de todo vino proveído en las alforjas, imaginando que se había de ver en ocasión que le conviniese mudar de traje.

Era mozo y de gentil disposición y buen parecer; y como había tanto tiempo que todas tenían hecha la vista a mirar al viejo de su amo, parecióles que miraban a un ángel. Poníase una al agujero para verle, y luego otra; y porque le pudiesen ver mejor, andaba el negro paseándole el cuerpo de arriba abajo con el torzal de cera encendido. Y después que todas le hubieron visto, hasta las negras bozales, tomó Loaysa la guitarra, y cantó aquella noche tan extremadamente, que las acabó de dejar suspensas y atónitas a todas, así a la vieja como a las mozas, y todas rogaron a Luis diese orden y traza como el señor su maestro entrase allá dentro, para oirle y verle de más cerca, y no tan por brújula como por el agujero, y sin el sobresalto de estar tan apartadas de su señor, que podía cogerlas de sobresalto y con el hurto en las manos, lo cual no sucedería ansí si le tuviesen escondido dentro.

A esto contradijo su señora con muchas veras, diciendo que no se hicese la tal cosa, ni la tal entrada, porque le pesaría en el alma, pues desde allí le podían ver y oir a su salvo y sin peligro de su honra.

—¿Qué honra? —dijo la dueña—. El Rey tiene harta.[2] Estése vuesa merced encerrada con su Matusalén,[3] y déjenos a nosotras holgar como pudiéremos. Cuando más, que este señor parece tan honrado, que no querrá otra cosa de nosotras más de lo que nosotras quisiéremos.

[1] **a la marineresca**: = **a la marinesca**.
[2] **El Rey tiene harta**: the king was the source of honour, but this phrase was used ironically when it was being scorned.
[3] Methuselah, the Old Testament patriarch, was the prototype of a very old man.

—Yo, señoras mías —dijo a esto Loaysa—, no vine aquí sino con intención de servir a todas vuesas mercedes con el alma y con la vida, condolido de su no vista clausura y de los ratos que en este estrecho género de vida se pierden. Hombre soy yo, por vida de mi padre, tan sencillo, tan manso, y de tan buena condición, y tan obediente, que no haré más de aquello que se me mandare; y si cualquiera de vuesas mercedes dijere; "Maestro, siéntese aquí; maestro, pásese allí; echaos acá; pasaos acullá", así lo haré como el más doméstico y enseñado perro que salta por el Rey de Francia.[1]

—Si eso ha de ser así —dijo la ignorante Leonora—, ¿qué medio se dará para que entre acá dentro el señor maeso?

—Bueno —dijo Loaysa—: vuesas mercedes pugnen por sacar en cera la llave desta puerta de en medio; que yo haré que mañana en la noche venga hecha otra tal, que nos pueda servir.

—En sacar[2] ese llave —dijo una doncella— se sacan las de toda la casa, porque es llave maestra.

—No por eso será peor— replicó Loaysa.

—Así es verdad —dijo Leonora—; pero ha de jurar este señor, primero, que no ha de hacer otra cosa cuando está acá dentro sino cantar y tañer cuando se lo mandaren, y que de estar encerrado y quedito donde le pusiéremos.

—Sí juro —dijo Loaysa.

—No vale nada ese juramento —respondió Leonora—; que ha de jurar por vida de su padre, y ha de jurar la cruz, y besalla, que lo veamos todas.

—Por vida de mi padre juro —dijo Loaysa—, y por esta señal de cruz, que la beso con mi boca sucia.[3]

Y haciendo la cruz con dos dedos, la besó tres veces.

Esto hecho, dijo otra de las doncellas:

—Mire, señor, que no se le olvide aquello de los polvos, que es el *tuáutem*[4] de todo.

---

[1] **que salta por el Rey de Francia**: expression used to indicate great skill of dogs trained to dance and caper.

[2] **sacar**: make a copy of.

[3] **con mi boca sucia**: phrase used to indicate unworthiness when kissing the cross.

[4] **tuáutem**: contraction of prayer, **Tu autem Domine, miserere nobis**. Used to mean that which is necessary or essential.

Con esto, cesó la plática de aquella noche, quedando todos muy contentos del concierto. Y la suerte, que de bien en mejor encaminaba los negocios de Loaysa, trujo a aquellas horas, que eran dos después de la media noche, por la calle a sus amigos, los cuales, haciendo la señal acostumbrada, que era tocar una trompa de París,[1] Loaysa los habló, y les dio cuenta del término en que estaba su pretensión, y les pidió si traían los polvos, o otra cosa, como se la había pedido, para que Carrizales durmiese; díjoles asimismo lo de la llave maestra. Ellos le dijeron que los polvos, o un ungüento, vendría la siguiente noche, de tal virtud, que, untados los pulsos y las sienes con él, causaba un sueño profundo, sin que dél se pudiese despertar en dos días, si no era lavándose con vinagre todas las partes que se habían untado; y que se les diese la llave en cera; que asimismo la harían hacer con facilidad. Con esto, se despidieron, y Loaysa y su discípulo durmieron lo poco que de la noche les quedaba, esperando Loaysa con gran deseo la venidera, por ver si se le cumplía la palabra prometida de la llave. Y puesto que el tiempo parece tardío y perezoso a los que en él esperan, en fin, corre a las parejas con el mismo pensamiento, y llega el término que quiere, porque nunca para ni sosiega.

Vino, pues, la noche y la hora acostumbrada de acudir al torno, donde vinieron todas las criadas de casa, grandes y chicas, negras y blancas, porque todas estaban deseosas de ver dentro de su serrallo al señor músico; pero no vino Leonora, y preguntando Loaysa por ella, le respondieron que estaba acostada con su velado,[2] el cual tenía cerrada la puerta del aposento donde dormía, con llave, y después de haber cerrado, se la ponía debajo de la almohada, y que su señora les había dicho que en durmiéndose el viejo, haría por tomarle la llave maestra, y sacarla en cera, que ya llevaba preparada y blanda, y que de allí a un poco habían de ir a requerirla por una gatera.

Maravillado quedó Loaysa del recato del viejo; pero no por esto se le desmayó el deseo; y estando en esto, oyó la trompa de París. Acudió al puesto; halló a sus amigos, que le dieron un botecico de ungüento de la propiedad que le habían significado; tomólo Loaysa, y díjoles que esperasen un poco, que les daría la

[1] **trompa de Paris**: jews'-harp.   [2] **velado**: spouse.

muestra de la llave: volvióse al torno y dijo a la dueña, que era la que con más ahinco mostraba desear su entrada, que se lo llevase a la señora Leonora, diciéndole la propiedad que tenía, y que procurase untar a su marido con tal tiento, que no lo sintiese, y que vería maravillas. Hízolo así la dueña, y llegándose a la gatera, halló que estaba Leonora esperando tendida en el suelo de largo a largo, puesto el rostro en la gatera. Llegó la dueña, y tendiéndose de la misma manera, puso la boca en el oído de su señora, y con voz baja le dijo que traía el ungüento, y de la manera que había de probar su virtud. Ella tomó el ungüento, y respondió a la dueña como en ninguna manera podía tomar la llave a su marido, porque no la tenía debajo de la almohada, como solía, sino entre los dos colchones y casi debajo de la mitad de su cuerpo; pero que dijese al maeso que si el ungüento obraba como él decía, con facilidad sacarían la llave todas las veces que quisiesen, y ansí, no sería necesario sacarla en cera. Dijo que fuese a decirlo luego, y volviese a ver lo que el ungüento obraba, porque luego luego le pensaba untar a su velado.

Bajó la dueña a decirlo al maeso Loaysa, y él despidió a sus amigos, que esperando la llave estaban. Temblando y pasito, y casi sin osar despedir el aliento de la boca, llegó Leonora a untar los pulsos del celoso marido, y asimismo le untó las ventanas de las narices, y cuando a ellas le llegó, le parecía que se estremecía, y ella quedó mortal, pareciéndole que la había cogido en el hurto. En efeto, como mejor pudo le acabó de untar todos los lugares que le dijeron ser necesarios, que fue lo mismo que haberle embalsamado para la sepultura.

Poco espacio tardó el alopiado ungüento en dar manifiestas señales de su virtud, proque luego comenzó a dar el viejo tan grandes ronquidos, que se pudieran oir en la calle; música a los oídos de su esposa más acordada que la del maeso de su negro; y aún mal segura de lo que veía, se llegó a él y le estremeció un poco, y luego más, y luego otro poquito más, por ver si despertaba; y a tanto se atrevió, que le volvió de una parte a otra, sin que despertase. Como vio esto, se fue a la gatera de la puerta, y con voz no tan baja como la primera, llamó a la dueña, que allí la estaba esperando, y le dijo:

—Dame albricia, hermana; que Carrizales duerme más que un muerto.

—Pues ¿a qué aguardas a tomar la llave, señora? —dijo la dueña; mira que está el músico aguardándola más ha de una hora.

—Espera, hermana; que ya voy por ella —respondió Leonora.

Y volviendo a la cama, metió la mano por entre los colchones, y sacó la llave de en medio dellos, sin que el viejo lo sintiese; y tomándola en sus manos, comezó a dar brincos de contento, y sin más esperar, abrió la puerta, y la presentó a la dueña, que la recibió con la mayor alegría del mundo. Mandó Leonora que fuese a abrir al músico, y que le trujese a los corredores, porque ella no osaba quitarse de allí, por lo que podía suceder; pero que ante todas cosas hiciese que de nuevo ratificase el juramento que había hecho de no hacer más de lo que ellas le ordenasen, y que si no le quisiese confirmar y hacer de nuevo, en ninguna manera le abriesen.

—Así será —dijo la dueña—; y a fe que no ha de entrar si primero no jura y rejura y besa la cruz seis veces.

—No le pongas tasa —dija Leonora—: bésela él, y sean las veces que quisiere; pero mira que jure la vida de sus padres, y por todo aquello que bien quiere; porque con esto estaremos seguras y nos hartaremos de oirle cantar y tañer; que en mi ánima que lo hace delicadamente. Y anda, no te detengas más, porque no se nos pase la noche en pláticas.

Alzóse las faldas la buena dueña, y con no vista ligereza se puso en el torno, donde estaba toda la gente de casa esperándola; y habiéndoles mostrado la llave que traía, fue tanto el contento de todas, que la alzaron en peso, como a catedrático,[1] diciendo: "¡Viva, viva!", y más cuando les dijo que no había necesidad de contrahacer la llave, porque según el untado viejo dormía, bien se podían aprovechar de la de casa todas las veces que la quisiesen.

—¡Ea, pues, amiga —dijo una de las doncellas—, ábrase esa puerta y éntre este señor, que ha mucho que aguarda, y démonos un verde[2] de música, que no haya más que ver.

[1] **la alzaron en peso, como a catedrático**: reflecting custom of students showing pleasure at election of professor.

[2] **démonos un verde**: let us have a little enjoyment (**verde** here refers to green barley given to horses as a purge).

—Más ha de haber que ver —replicó la dueña—: que le hemos de tomar juramento, como la otra noche.

—Él es tan bueno —dijo una de las esclavas—, que no reparará en juramentos.

Abrió, en esto, la dueña la puerta, y teniéndola entre abierta, llamó a Loaysa, que todo lo había estado escuchando por el agujero del torno; el cual, llegándose a la puerta, quiso entrarse de golpe; mas poniéndole la dueña la mano en el pecho, le dijo:

—Sabrá vuesa merced, señor mío, que en Dios y en mi conciencia todas las que estamos dentro de las puertas de esta casa somos doncellas como las madres que nos parieron, excepto mi señora; y aunque yo debo de parecer de cuarenta años, no teniendo treinta cumplidos, porque les faltan dos meses y medio, también lo soy, mal pecado;[1] y si acaso parezco vieja, corrimientos,[2] trabajos y desabrimientos echan un cero a los años, y a veces dos, según se les antoja. Y siendo esto ansí, como lo es, no sería razón que a trueco de oir dos, o tres, o cuatro cantares, nos pusiésemos a perder tanta virginidad como aquí se encierra; porque hasta esta negra, que se llama Guiomar, es doncella. Así que, señor de mi corazón, vuesa merced nos ha de hacer primero que éntre en nuestro reino un muy solene juramento de que no ha de hacer más de lo que nosotras le ordenáremos; y si le parece que es mucho le que se le pide, considere que es mucho más lo que se aventura. Y si es que vuesa merced viene con buena intención, poco le ha de doler el jurar; que al buen pagador no le duelen prendas.

—Bien y rebién ha dicho la señora Marialonso —dijo una de las doncellas—: en fin, como persona discreta y que está en las cosas como se debe; y si es que el señor no quiere jurar, no éntre acá dentro.

A esto dijo Guiomar la negra, que no era muy ladina:

—Por mí, más que[3] nunca jura, éntre con todo diablo; que aunque más jura, si acá estás, todo olvida.

Oyó con gran sosiego Loaysa la arenga de la señora Marialonso, y con grave reposo y autoridad respondió:

[1] **mal pecado**: for my sins!
[2] **corrimiento**: physical upsets (e.g. haemorrhages).
[3] **más que**: = **aunque**.

—Por cierto, señoras hermanas y compañeras mías, que nunca
mi intento fue, es ni será otro que daros gusto y contento en cuanto
mis fuerzas alcanzaren, y así, no se me hará cuesta arriba este
juramento que me piden; pero quisiera yo que se fiara algo de mi
palabra, porque dada de tal persona como yo soy, era lo mismo que
hacer una obligación guarentigia; y quiero hacer saber a vuesa
merced que debajo del sayal hay ál,[1] y que debajo de mala capa
suele estar un buen bebedor. Mas para que todas estén seguras de
mi buen deseo, determino de jurar como católico y buen varón;
y así, juro por la intemerata eficacia, donde más santa y largamente
se contiene,[2] y por las entradas y salidas del santo Líbano monte,[3]
y por todo aquello que en su proemio encierra la verdadera
historia de Carlomagno, con la muerte del gigante Fierabrás,[4]
de no salir ni pasar del juramento hecho y del mandamiento de la
más mínima y desechada[5] destas señoras, so pena que si otra cosa
hiciere o quisiere hacer, desde ahora para entonces y desde entonces
para ahora lo doy por nulo y no hecho ni valedero.

Aquí llegaba con su juramento el buen Loaysa, cuando una de
las dos doncellas, que con atención le había estado escuchando,
dio una gran voz, diciendo:

—¡Este sí que es juramento para enternecer las piedras! ¡Mal
haya yo si más quiero que jures; pues con sólo lo jurado podías
entrar en la misma sima de Cabra![6]

Y asiéndole de los gregüescos, le metió dentro, y luego todas las
demás se le pusieron a la redonda. Luego fue una a dar las nuevas

---

[1] **ál**: = **alguna cosa.**

[2] **por la intemerata eficacia, donde más santa y largamente se
contiene**: i.e. by the undefiled efficacy (Lat. phrase) of the Gospels or
Bible (sometimes represented by a few pages). Standard form of solemn
oath.

[3] **santo Líbano monte**: Mt. Carmel: it had many Biblical associations
and was where the famous religious order of the same name originally
lived in seclusion.

[4] **verdadera historia de Carlomagno**; **gigante Fierabrás**: a reference
to the very popular French romance, widely known in Spain and held to be
historically true.

[5] **desechada**: despised.

[6] **sima de Cabra**: cavern in S. Spain famous for its size.

a su señora, la cual estaba haciendo centinela al sueño de su esposo, y cuando la mensajera le dijo que ya subía el músico, se alegró y se turbó en un punto, y preguntó si había jurado. Respondióle que sí, y con la más nueva forma de juramento que en su vida había visto.

—Pues si ha jurado —dijo Leonora—, asido le tenemos. ¡ Oh, qué avisada que anduve en hacelle que jurase!

En esto llegó toda la caterva junta, y el músico en medio, alumbrándolos el negro y Guiomar la negra. Y viendo Loaysa a Leonora, hizo muestras de arrojársele a los pies para besarle las manos. Ella, callando y por señas, le hizo levantar, y todas estaban como mudas, sin osar hablar, temerosas que su señor las oyese; lo cual considerado por Loaysa, les dijo que bien podían hablar alto, porque el ungüento con que estaba untado su señor tenía tal virtud, que, fuera de quitar la vida, ponía a un hombre como muerto.

—Así lo creo yo —dijo Leonora—; que si así no fuera, ya él hubiera despertado veinte veces, según le hacen de sueño ligero sus muchas indisposiciones; pero después que le unté, ronca como un animal.

—Pues eso es así —dijo la dueña—, vámonos a aquella sala frontera, donde podremos oir cantar aquí al señor y regocijarnos un poco.

—Vamos —dijo Leonora—; pero quédese aquí Guiomar por guarda, que nos avise si Carrizales despierta.

A lo cual respondió Guiomar:

—¡ Yo negra quedo; blancas van: Dios perdone a todas!!

Quedóse la negra; fuéronse a la sala, donde había un rico estrado, y cogiendo al señor en medio, se sentaron todas. Y tomando la buena Marialonso una vela, comenzó a mirar de arriba abajo al bueno del músico, y una decía:

"¡ Ay, qué copete que tiene, tan lindo y tan rizado!" Otra: "¡ Ay, qué blancura de dientes! ¡ Mal año para piñones mondados que más blancos ni más lindos sean!" Otra: "¡ Ay, qué ojos tan grandes y tan rasgados! ¡ Y por el siglo de mi madre que son verdes, que no parecen sino que son de esmeraldas!" Ésta alababa la boca, aquélla los pies, y todas juntas hicieron dél una menuda anotomía y pepitoria.[1] Sola Leonora callaba, y le miraba, y le iba pareciendo de mejor talle que su velado. En esto, la dueña tomó la guitarra, que tenía el negro, y se la puso en las manos de Loaysa, rogándole que la tocase y que cantase unas coplillas que entonces andaban muy validas en Sevilla, que decían:

> Madre, la mi madre,
> Guardas me ponéis.

> Madre, la mi madre,
> Guardas me ponéis,
> *Que si yo no me guardo,*
> *No me guardaréis.*

> ͵Dicen que está escrito,
> Y con gran razón,
> Ser la privación
> Causa de apetito:
> Crece en infinito
> Encerrado amor;
> Por eso es mejor
> Que no me encerréis;
> *Que si yo, etc.*

> Si la voluntad
> Por sí no se guarda,
> No la harán guarda
> Miedo o calidad:
> Romperá, en verdad,
> Por la misma muerte,
> Hasta hallar la suerte
> Que vos no entendéis;
> *Que si yo, etc.*

> Quien tiene costumbre
> De ser amorosa,
> Como mariposa
> Se irá tras su lumbre,
> Aunque muchedumbre
> De guardas le pongan,
> Y aunque más propongan
> De hacer lo que hacéis;
> *Que si yo, etc.*

---

[1] **anotomía y pepitoria**: = **anatomía y p**. detailed and complete examination.

> Es de tal manera
> La fuerza amorosa,
> Que a la más hermosa
> La vuelve en quimera:[1]
> El pecho de cera,
> De fuego la gana,
> Las manos de lana,
> De fieltro los pies;
> *Que si yo no me guardo,*
> *Mal me guardaréis.*

Al fin llegaban de su canto y baile el corro de las mozas, guiado por la buena dueña, cuando llegó Guiomar, la centinela, toda turbada, hiriendo de pie y de mano[2] como si tuviera alferecía, y, con voz entre ronca y baja, dijo:

—¡Despierto señor, señora; y, señora, despierto señor, y levantas, y viene![3]

Quien ha visto banda de palomas estar comiendo en el campo sin miedo lo que ajenas manos sembraron, que al furioso estrépito de disparada escopeta se azora y levanta, y olvidada del pasto, confusa y atónita cruza por los aires, tal se imagine que quedó la banda y corro de las bailadoras, pasmadas y temerosas, oyendo la no esperada nueva que Guiomar había traído; y procurando cada una su disculpa, y todas juntas su remedio, cuál por una y cuál por otra parte, se fueron a esconder por los desvanes y rincones de la casa, dejando solo al músico, el cual, dejando la guitarra y el canto, lleno de turbación, no sabía qué hacerse. Torcía Leonora sus hermosas manos; abofeteábase el rostro, aunque blandamente, la señora Marialonso; en fin, todo era confusión, sobresalto y miedo. Pero la dueña, como más astuta y reportada, dio orden que Loaysa se entrase en un aposento suyo, y que ella y su señora se quedarían en la sala; que no faltaría excusa que dar a su señor si allí las hallase. Escondióse luego Loaysa, y la dueña se puso atenta a escuchar si su amo venía, y no sintiendo rumor alguno, cobró ánimo, y poco

---

[1] **La vuelve en quimera**: turns her into a shadow of herself.

[2] **hiriendo de pie y de mano**: shaking all over as if from a fit.

[3] These words are meant to be those of a non-native speaker of the language, in a manner also to be found parodied in the *comedia*.

a poco, paso ante paso, se fue llegando al aposento donde su señor dormía, y oyó que roncaba como primero, y asegurada de que dormía, alzó las faldas y volvió corriendo a pedir albricias a su señora del sueño de su amo, la cual se las mandó de muy entera voluntad.

No quiso la buena dueña perder la coyuntura que la suerte le ofrecía de gozar, primero que todas, las gracias que ella se imaginaba que debía tener el músico; y así, diciéndole a Leonora que esperase en la sala en tanto que iba a llamarlo, la dejó y se entró donde él estaba, no menos confuso que pensativo, esperando las nuevas de lo que hacía el viejo untado: maldecía la falsedad del ungüento, y quejábase de la credulidad de sus amigos y del poco advertimiento que había tenido en no hacer primero la experiencia en otro, antes de hacerla en Carrizales. En esto llegó la dueña, y le aseguró que el viejo dormía a más y mejor. Sosegó el pecho, y estuvo atento a muchas palabras amorosas que Marialonso le dijo, de las cuales coligió la mala intención suya, y propuso en sí de ponerla por anzuelo para pescar a su señora. Y estando los dos en sus pláticas, las demás criadas, que estaban escondidas por diversas partes de la casa, una de aquí y otra de allí volvieron a ver si era verdad que su amo había despertado; y viendo que todo estaba sepultado en silencio, llegaron a la sala donde habían dejado a su señora, de la cual supieron el sueño de su amo; y preguntándole por el músico y por la dueña, les dijo dónde estaban, y todas, con el mismo silencio que habían traído, se llegaron a escuchar por entre las puertas lo que entrambos trataban.

No faltó de la junta Guiomar la negra; el negro sí, porque así como oyó que su amo había despertado, se abrazó con su guitarra y se fue a esconder en su pajar, y cubierto con la manta de su pobre cama, sudaba y trasudaba de miedo; y, con todo eso, no dejaba de tentar las cuerdas de la guitarra: tanta era (encomendado él sea a Satanás) la afición que tenía a la música. Entreoyeron las mozas los requiebros de la vieja, y cada una le dijo el nombre de las pascuas:[1] ninguna la llamó vieja que no fuese con su epitecto[2]

---

[1] **cada una le dijo el nombre de las pascuas**: each one covered her with insults (as one cursed a wet Easter which spoiled festivities).

[2] **epitecto**: = **epíteto**.

y adjetivo de hechicera y de barbuda, de antojadiza, y de otros que por buen respecto se callan; pero lo que más risa causara a quien entonces las oyera, eran las razones de Guiomar la negra, que, por ser portuguesa y no muy ladina, era extraña la gracia con que la vituperaba. En efeto, la conclusión de la plática de los dos fue que él condecendería con la voluntad della, cuando ella primero le entregase a toda su voluntad a su señora.

Cuesta arriba se le hizo a la dueña ofrecer lo que el músico pedía; pero a trueco de cumplir el deseo que ya se le había apoderado del alma y de los huesos y medulas del cuerpo, le prometiera los imposibles que pudieran imaginarse. Dejóle, y salió a hablar a su señora; y como vio su puerta rodeada de todas las criadas les dijo que se recogiesen a sus aposentos, que otra noche habría lugar para gozar con menos o con ningún sobresalto del músico; que ya aquella noche el alboroto les había aguado el gusto.

Bien entendieron todas que la vieja se quería quedar sola; pero no pudieron dejar de obedecerla, porque las mandaba a todas. Fuéronse las criadas, y ella acudió a la sala a persuadir a Leonora acudiese a la voluntad de Loaysa, con una larga y tan concertada arenga, que pareció que de muchos días la tenía estudiada. Encarecióle su gentileza, su valor, su donaire y sus muchas gracias; pintóle de cuánto más gusto le serían los abrazos del amante mozo que los del marido viejo, asegurándole el secreto y la duración del deleite, con otras cosas semejantes a éstas, que el demonio le puso en la lengua, llenas de colores retóricos, tan demostrativos y eficaces, que movieran no sólo el corazón tierno y poco advertido de la simple e incauta Leonora, sino el de un endurecido mármol. ¡Oh dueñas, nacidas y usadas en el mundo para perdición de mil recatadas y buenas intenciones! ¡Oh, luengas y repulgadas tocas, escogidas para autorizar las salas y los estrados de señoras principales, y cuán al revés de lo que debíades usáis de vuestro casi ya forzoso oficio! En fin, tanto dijo la dueña, tanto persuadió la dueña, que Leonora se rindió, Leonora se engañó, y Leonora se perdió, dando en tierra con todas las prevenciones del discreto Carrizales, que dormía el sueño de la muerte de su honra.

Tomó Marialonso por la mano a su señora, y casi por fuerza,

preñados de lágrimas los ojos, la llevó donde Loaysa estaba, y echándoles la bendición con una risa falsa de demonio, cerrando tras sí la puerta, los dejó encerrados, y ella se puso a dormir en el estrado, o, por mejor decir, a esperar su contento de recudida. Pero como el desvelo de las pasadas noches la venciese, se quedó dormida en el estrado.

Bueno fuera en esta sazón preguntar a Carrizales, a no saber que dormía, que adónde estaban sus advertidos recatos, sus recelos, sus advertimientos, sus persuasiones, los altos muros de su casa, el no haber entrado en ella, ni aun en sombra, alguien que tuviese nombre de varón, el torno estrecho, las gruesas paredes, las ventanas sin luz, el encerramiento notable, la gran dote en que a Leonora había dotado, los regalos continuos que la hacía, el buen tratamiento de sus criadas y esclavas, el no faltar un punto a todo aquello que él imaginaba que habían menester, que podían desear. Pero ya queda dicho que no había para qué preguntárselo, porque dormía más de aquello que fuera menester; y si él lo oyera, y acaso respondiera, no podía dar mejor respuesta que encoger los hombros y enarcar las cejas, y decir: "¡Todo aqueso derribó por los fundamentos la astucia, a lo que yo creo, de un mozo holgazán y vicioso, y la malicia de una falsa dueña, con la inadvertencia de una muchacha rogada y persuadida!" Libre Dios a cada uno de tales enemigos, contra los cuales no hay escudo de prudencia que defienda, ni espada de recato que corte.

Pero, con todo esto, el valor de Leonora fue tal, que en el tiempo que más le convenía, lo mostró contra las fuerzas villanas de su astuto engañador, pues no fueron bastantes a vencerla, y él se cansó en balde, y ella quedó vencedora, y entrambos dormidos. Y, en esto, ordenó el Cielo que, a pesar del ungüento, Carrizales despertase, y como tenía de costumbre, tentó la cama por todas partes, y no hallando en ella a su querida esposa, saltó de la cama despavorido y atónito, con más ligereza y denuedo que sus muchos años prometían; y cuando en el aposento no halló a su esposa, y le vio abierto, y que le faltaba la llave de entre los colchones, pensó perder el juicio; pero, reportándose un poco, salió al corredor, y de allí, andando pie ante pie por no ser sentido, llegó a la sala donde la dueña dormía, y viéndola sola, sin Leonora,

fue al aposento de la dueña, y abriendo la puerta muy quedo, vio
lo que nunca quisiera haber visto; vio lo que diera por bien em-
pleado no tener ojos para verlo: vio a Leonora en brazos de
Loaysa, durmiendo tan a sueño suelto como si en ellos obrara la
virtud del ungüento, y no en el celoso anciano.

Sin pulsos quedó Carrizales con la amarga vista de lo que miraba;
la voz se le pegó a la garganta, los brazos se le cayeron de desmayo,
y quedó hecho una estatua de mármol frío; y aunque la cólera
hizo su natural oficio, avivándole los casi muertos espíritus, pudo
tanto el dolor, que no le dejó tomar aliento. Y, con todo eso,
tomara la venganza que aquella grande maldad requería, si se
hallara con armas para poder tomarla; y así, determinó volverse a
su aposento a tomar una daga, y volver a sacar las manchas de su
honra con sangre de sus dos enemigos, y aun con toda aquella de
toda la gente de su casa. Con esta determinación honrosa y
necesaria volvió, con el mismo silencio y recato que había venido,
a su estancia, donde le apretó el corazón tanto el dolor y la angustia, que sin ser poderoso a otra cosa, se dejó caer desmayado sobre
el lecho.

Llegóse en esto el día, y cogió a los nuevos adúlteros enlazados
en la red de sus brazos. Despertó Marialonso, y quiso acudir por
lo que, a su parecer, le tocaba; pero viendo que era tarde, quiso
dejarlo para la venidera noche. Alborotóse Leonora viendo tan
entrado el día, y maldijo su descuido y el de la maldita dueña, y
las dos, con sobresaltados pasos, fueron donde estaba su esposa,
rogando entre dientes al cielo que le hallasen todavía roncando; y
cuando le vieron encima de la cama callando, creyeron que
todavía obraba la untura, pues dormía, y con gran regocijo se
abrazaron la una a la otra. Llegóse Leonora a su marido, y asiéndole
de un brazo, le volvió de un lado a otro, por ver si despertaba sin
ponerles en necesidad de lavarle con vinagre, como decían era
menester para que en sí volviese. Pero con el movimiento volvió
Carrizales de su desmayo, y dando un profundo suspiro, con una
voz lamentable y desmayada dijo:

—¡Desdichado de mí, y a qué tristes términos me ha traído mi
fortuna!

No entendió bien Leonora lo que dijo su esposo; mas como le

vio despierto y que hablaba, admirada de ver que la virtud del
ungüento no duraba tanto como habían significado, se llegó a él,
y poniendo su rostro con el suyo, teniéndole estrechamente
abrazado, le dijo:

—¿Qué tenéis, señor mío, que me parece que os estáis que-
jando?

Oyó la voz de la dulce enemiga suya el desdichado viejo, y
abriendo los ojos desencasadamente,[1] como atónito y embelesado,
los puso en ella, y con gran ahinco, sin mover pestaña, la estuvo
mirando una gran pieza, al cabo de la cual le dijo:

—Hacedme placer, señora, que luego luego enviéis a llamar a
vuestros padres de mi parte; porque siento no sé qué en el corazón,
que me da grandísima fatiga, y temo que brevemente me ha de
quitar la vida, y querríalos ver antes que me muriese.

Sin duda creyó Leonora ser verdad lo que su marido le decía,
pensando antes que la fortaleza del ungüento, y no lo que había
visto, le tenía en aquel trance; y respondiéndole que haría lo que
la mandaba, mandó al negro que luego al punto fuese a llamar a
sus padres, y abrazándose con su esposo, le hacía las mayores
caricias que jamás le había hecho, preguntándole qué era lo que
sentía, con tan tiernas y amorosas palabras, como si fuera la cosa
del mundo que más amaba. Él la miraba con el embelesamiento
que se ha dicho, siéndole cada palabra o caricia que le hacía una
lanzada que le atravesaba el alma.

Ya la dueña había dicho a la gente de casa y a Loaysa la enfermedad de su amo, encareciéndoles que debía de ser de momento,[2]
pues se le había olvidado de mandar cerrar las puertas de la calle
cuando el negro salió a llamar a los padres de su señora; de la cual
embajada asimismo se admiraron, por no haber entrado ninguno
dellos en aquella casa después que casaron a su hija. En fin, todos
andaban callados y suspensos, no dando en la verdad de la causa
de la indisposición de su amo, el cual de rato en rato tan profunda
y dolorosamente suspiraba, que con cada suspiro parecía arran-
cársele el alma. Lloraba Leonora por verle de aquella suerte, y
reíase él con una risa de persona que estaba fuera de sí, considerando

---

[1] **desencasadamente**: = **desencajadamente**: disjointedly.
[2] **de momento**: = **de importancia**.

la falsedad de sus lágrimas. En esto, llegaron los padres de Leonora, y como hallaron la puerta de la calle y la del patio abiertas, y la casa sepultada en silencio y sola, quedaron admirados y con no pequeño sobresalto. Fueron al aposento de su yerno, y halláronle como se ha dicho, siempre clavados los ojos en su esposa, a la cual tenía asida de las manos, derramando los dos muchas lágrimas; ella, con no más ocasión de verlas derramar a su esposo; él, por ver cuán fingidamente ella las derramaba.

Así como sus padres entraron, habló Carrizales, y dijo:

—Siéntense aquí vuesas mercedes y todos los demás dejen desocupado este aposento, y sólo quede la señora Marialonso.

Hiciéronlo así, y quedando solos los cinco, sin esperar que otro hablase, con sosegada voz, limpiándose los ojos, desta manera dijo Carrizales:

—Bien seguro estoy, padres y señores míos, que no será menester traeros testigos para que me creáis una verdad que quiero deciros. Bien se os debe acordar (que no es posible se os haya caído de la memoria) con cuánto amor, con cuán buenas entrañas, hace hoy un año, un mes, cinco días y nueve horas, que me entregastes a vuestra querida hija por legítima mujer mía. También sabéis con cuánta liberalidad la doté, pues fue tal la dote, que más de tres de su misma calidad se pudieran casar con opinión de ricas. Asimismo se os debe acordar la diligencia que puse en vestirla y adornarla de todo aquello que ella se acertó a desear y yo alcancé a saber que le convenía. Ni más ni menos habéis visto, señores, como, llevado de mi natural condición, y temeroso del mal de que, sin duda, he de morir, y experimentado por mi mucha edad en los extraños y varios acaescimientos del mundo, quise guardar esta joya, que yo escogí y vosotros me distes, con el mayor recato que me fue posible: alcé las murallas desta casa, quité la vista a las ventanas de la calle, doblé las cerraduras de las puertas, púsele torno, como a monasterio; desterré perpetuamente della todo aquello que sombra o nombre de varón tuviese; dile criadas y esclavas que la sirviesen; ni les negué a ellas ni a ella cuanto quisieron pedirme; hícela mi igual; comuniquéle mis más secretos pensamientos; entreguéla mi hacienda. Todas éstas eran obras para que, si bien lo considerara, yo viviera seguro de gozar sin

sobresalto lo que tanto me había costado, y ella procurara no darme ocasión a que ningún género de temor celoso entrara en mi pensamiento; mas como no se puede prevenir con diligencia humana el castigo que la voluntad divina quiere dar a los que en ella no ponen del todo en todo, sus deseos y esperanzas, no es mucho que yo quede defraudado en las mías, y que yo mismo haya sido el fabricador del veneno que me va quitando la vida. Pero porque veo la suspensión en que todos estáis, colgados de las palabras de mi boca, quiero concluir los largos preámbulos desta plática con deciros en una palabra lo que no es posible decirse en millares dellas. Digo, pues, señores, que todo lo que he dicho y hecho ha parado en que esta madrugada hallé a ésta, nacida en el mundo para perdición de mi sosiego y fin de mi vida —y esto, señalando a su esposa—, en los brazos de un gallardo mancebo, que en la estancia desta pestífera dueña ahora está encerrado.

Apenas acabó estas últimas palabras Carrizales, cuando a Leonora se le cubrió el corazón, y en las mismas rodillas de su marido se cayó desmayada. Perdió la color Marialonso, y a las gargantas de los padres de Leonora se les atravesó un nudo que no les dejaba hablar palabra. Pero prosiguiendo adelante Carrizales, dijo:

—La venganza que pienso tomar desta afrenta no es ni ha de ser de las que ordinariamente suelen tomarse; pues quiero que, así como yo fuí extremado en lo que hice, así sea la venganza que tomare, tomándola de mí mismo, como del más culpado en este delito; que debiera considerar que mal podían estar ni compadecerse en uno los quince años desta muchacha con los casi ochenta[1] míos. Yo fui el que, como el gusano de seda, me fabriqué la casa donde muriese, y a ti no te culpo, ¡oh niña mal aconsejada! —y diciendo esto, se inclinó y besó en el rostro de la desmayada Leonora—; no te culpo, digo, porque persuasiones de viejas taimadas y requiebros de mozos enamorados fácilmente vencen y triunfan del poco ingenio que los pocos años encierran. Mas porque todo el mundo vea el valor de los quilates de la voluntad y fe con que te quise, en este último trance de mi vida quiero mos-

[1] **ochenta**: he was in fact only 70, but his grief probably made him exaggerate.

trarlo de modo, que quede en el mundo por ejemplo, si no de
bondad, al menos, de simplicidad jamás oída ni vista; y así,
quiero que se traiga luego aquí un escribano, para hacer de nuevo
mi testamento, en el cual mandaré doblar la dote a Leonora, y le
rogaré que después de mis días, que serán bien breves, disponga su
voluntad, pues lo podrá hacer sin fuerza, a casarse con aquel mozo,
a quien nunca ofendieron las canas deste lastimado viejo; y así
verá que, si viviendo jamás salí un punto de lo que pude pensar ser
su gusto, en la muerte hago lo mismo, y quiero que le tenga con
el que ella debe de querer tanto. La demás hacienda mandaré a
otras obras pías; y a vosotros, señores míos, dejaré con que podáis
vivir honradamente lo que de la vida os queda. La venida del
escribano sea luego; porque la pasión[1] que tengo me aprieta de
manera, que a más andar me va acortando los pasos de la vida.

Esto dicho, le sobrevino un terrible desmayo, y se dejó caer
tan junto de Leonora, que se juntaron los rostros: ¡extraño y
triste espectáculo para los padres, que a su querida hija y a su
amado yerno miraban! No quiso la mala dueña esperar a las
reprehensiones que pensó le darían los padres de su señora, y así,
se salió del aposento y fue a decir a Loaysa todo lo que pasaba,
aconsejándole que luego al punto se fuese de aquella casa; que ella
tendría cuidado de avisarle con el negro lo que sucediese, pues ya
no había puertas ni llaves que lo impidiesen. Admiróse Loaysa con
tales nuevas, y tomando el consejo, volvió a vestirse como pobre,
y fuése a dar cuenta a sus amigos del extraño y nunca visto suceso
de sus amores.

En tanto, pues, que los dos estaban transportados,[2] el padre de
Leonora envió a llamar a un escribano amigo suyo, el cual vino a
tiempo que ya habían vuelto hija y yerno en su acuerdo.[3] Hizo
Carrizales su testamento en la manera que había dicho, sin declarar
el yerro de Leonora, más de que por buenos respectos le pedía y
rogaba se casase, si acaso él muriese, con aquel mancebo que él la
había dicho en secreto. Cuando esto oyó Leonora, se arrojó a los
pies de su marido, y saltándole el corazón en el pecho, le dijo:

---

[1] **pasión**: = suffering.

[2] **transportados**: unconscious.

[3] **vuelto...en su acuerdo**: regained consciousness.

—Vivid vos muchos años, mi señor y mi bien todo; que puesto caso que no estáis obligado a creerme ninguna cosa de las que os dijere, sabed que no os he ofendido sino con el pensamiento.

Y comenzando a disculparse y a contar por extenso la verdad del caso, no pudo mover la langua, y volvió a desmayarse. Abrazóla así desmayada el lastimado viejo; abrazáronla sus padres; lloraron todos tan amargamente, que obligaron y aun forzaron a que en ellas les acompañase el escribano que hacía el testamento, en el cual dejó de comer a todas las criadas de casa, horras las esclavas y el negro, y a la falsa de Marialonso no le mandó otra cosa que la paga de su salario; mas, sea lo que fuere, el dolor le apretó de manera, que al seteno[1] día le llevaron a la sepultura.

Quedó Leonora viuda, llorosa y rica; y cuando Loaysa esperaba que cumpliese lo que ya él sabía que su marido en su testamento dejaba mandado, vio que dentro de una semana se entró monja en uno de los más recogidos monasterios de la ciudad. Él, despechado y casi corrido, se pasó a las Indias. Quedaron los padres de Leonora tristísimos, aunque se consolaron con lo que su yerno les había dejado y mandado por su testamento. Las criadas se consolaron con lo mismo, y las esclavas y esclavo, con la libertad; y la malvada de la dueña, pobre y defraudada de todos sus malos pensamientos.

Y yo quedé con el deseo de llegar al fin deste suceso, ejemplo y espejo de lo poco que hay que fiar de llaves, tornos y paredes cuando queda la voluntad libre, y de lo menos que hay que confiar de verdes y pocos años, si les andan al oído exhortaciones destas dueñas de monjil negro y tendido y tocas blancas y luengas. Sólo no sé qué fue la causa que Leonora no puso más ahinco en desculparse y dar a entender a su celoso marido cuán limpia y sin ofensa había quedado en aquel suceso; pero la turbación le ató la lengua, y la priesa que se dio a morir su marido no dio lugar a su disculpa.

[1] **seteno**: = **séptimo.**

4